KUUDEN MINUUTIN SEIKKAILU

Olli Karila

Kuuden minuutin seikkailu

ja muita jännityskertomuksia

Toimitus ja jälkisanat

Juha Järvelä

Vuosikertajännitystä 1

Kannen kuva (rajattu) vuodelta 1934: Pietinen/Museovirasto, Historian Kuvakokoelma, Pietisen kokoelma.

Jälkisanat © 2024 Juha Järvelä

ISBN: 978-952-80-8477-8

Kustantaja: BoD · Books on Demand GmbH, Helsinki, Suomi
Kirjapaino: Libri Plureos GmbH, Hampuri, Saksa

Sahajauhoja

— Vakaumukseni on, rikospoliisiupseeri sanoi, että olemme teke-misissä hullun kanssa, vaarallisen hullun, sellaisen, jota ranskalaiset kuuluvat sanovan järkeileväksi hulluksi. Muuten en voi asiaa käsittää. Näissä rikoksissa yhtyy epäinhimillinen julmuus ja samalla hiuksen-hieno laskelmallisuus. Ja lopuksikin: ne ovat liian törkeitä rikoksia saaliin suuruuteen nähden. Uskaltaisin sanoa, että pahinkin täysijär-kinen rikollinen voi tehdä yhden sellaisen, sattumalta, mutta ettei hän harkitsisi ja tekisi useampia sellaisia niin pieni saalis tiedossaan.

Hänen alaisensa, nuorempi upseeri, nyökäytti päätään innokkaasti.

— Luulen, että olette päässyt tärkeän askelen eteenpäin, hän myönsi. — Näkökantanne on varmasti oikea ja se suuntaa etsiskelym-me rajoitetummalle taholle. Tilanne alkaa olla joka tapauksessa sietä-mätön. Kahdeksan kuukautta ja kuusi ryöstömurhaa! Poliisia pidetään voimattomana ja paikkakuntalaiset alkavat tuntea todellista kauhua.

— Tämä viimeinen tapaus on ilkein, poliisipäällikkö huoahti. — Herra Malmi oli mitä parhain kansalainen. Hänhän oli suoranainen paikkakunnan hyväntekijä. Hän auttoi ja tuki jokaista, jonka tiesi tu-kea tarvitsevan.

Nuori upseeri nyökkäsi. Herra Malmin tapaus oli oudoksuttava ja vaikea. Malmi oli yksinäinen mies, joka eleli omassa pienessä talos-saan kaupungin uloimmilla laiteilla, oikeastaan jo maaseudulla, metsikön keskellä ja lähellä vähän käytettyä syrjätietä. Tänään muutamia tunteja sitten, kun häntä ei ilmestynyt näkyviin, naapurit alkoivat häntä etsiskellä. Talo oli lukittu. Kutsuttiin paikalle poliisi ja hän murtautui taloon. Herra Malmi löydettiin makaamasta vuoteestaan kuolleena. Ensiksi otaksuttiin, että halvaus oli lopettanut vanhan miehen elämän, mutta poliisien tutkimukset saivat epäluulon piankin heräämään. Ruumis toimitettiin oikeuslääkeopillisesti avattavaksi ja nyt olivat poliisipäällikkö ja hänen lähin upseerinsa lähdössä tutkimaan tapahtumapaikkaa.

Samassa soi puhelin ja nuori rikosupseeri vastasi. Hän kuunteli jännittyneenä ja tarkkaavasti.

— Kiitos.

Hän laski kuulotorven paikoilleen.

— Tohtori Murto soitti. Herra Malmi on tukehtunut kaasuun, se on varmaa, mutta täydellinen tutkimus kestää myöhempään.

Poliisipäällikkö pudisteli päätään.

— Kaasuun! Sehän on kummallista. Kaasujohto kulkee kai noin kilometrin päässä. Eihän näissä laitakaupungin taloissa ole kaasua. Mikä kaasu lienee kysymyksessä?

— Tohtori Murto sanoi, että se kysymys on vielä ratkaisematta lopullisesti, mutta että kaasu muistuttaisi bensiinin palamisjätteitä. Toisin sanoen olisi bensiinimoottorin pakokaasua.

— Hm, herra Malmilla ei ollut minkäänlaista moottoria, ei edes moottoripyörää. Mutta lähtekäämme paikalle.

* * *

Tilanne poliisipäällikön piirissä oli — niinkuin nuorempi poliisiupseeri oli sanonut — sietämätön. Nyt oli kysymyksessä neljäs rikos ja kuudes uhri. Aikaisemmin oli murtauduttu niinikään yksinäiseen taloon, jossa asui kolme vanhaa ihmistä. Heidät oli surmattu, talo oli pengottu ja varmasti saatu saalista. Sitten oli kaikki jäljet yritetty hävittää sytyttämällä talo palamaan, mutta tämä yritys oli osittain epäonnistunut. Palo huomattiin niin pian, että sekä ruumiit että osa irtaimistoa ehdittiin pelastaa ja jäljet olivat poliisille selvät. Ei käynyt epäileminen, etteikö kysymyksessä ollut rikos. Sitten oli muuan vakuutusvirkailija ammuttu autossaan ja ryöstetty, sitten muuan rahastonhoitaja ammuttu, ryöstetty ja jätetty tielle makaamaan. Hän kuitenkin ehti ennen kuolemaansa kertoa hiukan poliisille. Miehiä oli ollut kaksi ja kummatkin naamioituneita. Toinen oli ollut tavallista pitempi, toinen keskikokoa. Ja heillä oli ollut auto, mutta se oli ollut niin kaukana — he olivat tulleet kävellen rahastonhoitajan moottoripyörää vastaan — ettei rahastonhoitaja voinut antaa siitä mitään tuntomerkkiä. Saalis oli kussakin tapauksessa ollut kyllä melkoinen, mutta ei milloinkaan niin suuri, että vähänkin tavallisempi rikollinen olisi sen takia uskaltautunut siksi törkeään rikokseen. Se oli selvä yhteinen piirre, samoinkuin sekin, että rikokset olivat kaikki tapahtuneet melko pienen piirin sisällä.

Poliisi oli toimittanut tutkimuksia, pari henkilöä oli ollut pidätettynäkin, mutta mitään enempää ei saatu selville. Julkeat rikokset pysyivät ratkaisemattomina ja rikolliset saivat rauhassa nauttia saaliistaan. Tilanne oli sietämätön, se oli totta. Ei voinut otaksua, että jokaisen rikoksen olisi tehnyt eri henkilö. Näin pienellä alalla ei niin törkeitä rikollisia voinut olla niin paljon. Ja heidän täytyi olla paikkakuntalaisia, sillä jokainen rikos todisti paikallista asiantuntemusta.

* * *

He tutkivat huonetta, jossa herra Malmi oli nukkunut ja kuollut. Poliisipäällikkö luki herra Malmin papereita, joita oli aika kasa hänen yöpöytänsä laatikossa. Ne olivat pääasiallisesti pyyntökirjeitä eri suojateilta.

Nuorempi poliisiupseeri ryömi pitkin huonetta ja katseli, katseli.

Sormenjälkiä he eivät oikeastaan etsineetkään. Edellisissäkään rikoksissa niitä ei oltu havaittu. Rikolliset olivat varovaisia. Mutta kun etsi jotakin muuta, jonkinlaista jälkeä, joka voisi ohjata hänet oikeaan tai ohjata yleensä jonnekin.

Huone oli maalaistyylinen ja veistetyt seinät oli jätetty paperoimatta, niin että niiden vanha, tumma väri pääsi oikeuksiinsa. Yhdessä nurkassa seisoi vanhanaikainen kaappikello, toisessa nurkassa oli kolmikulmainen, jykevä ja maalaamaton pöytä samaa maalaistyyliä. Poliisiupseeri oli juuri ryöminyt pöydän luo, kun hänen huomiotaan herättivät muutamat vaaleat puujyväset. Niitä ei ollut kuin kolme tai neljä, mutta hän ihmetteli, mistä ne olivat tulleet. Ne näyttivät sahajauhoilta, mutta kun hän tarkemmin niitä tutki, hän huomasi niiden sittenkin olevan toisenlaisia. Ne olivat jotenkin muserrettuja, kierrettyjä ja osittain kiinni toisissaan.

Pora! poliisiupseerin mielessä välähti. Tietysti ne olivat poran jätteitä. Hän nousi ja otti taskustaan suurennuslasin, jolla tarkasteli kämmenellään olevia puunsiruja. Oli selvää, että ne vasta äsken olivat tulleet tuohon lattialle. Herra Malmin huoneet siivottiin joka päivä. Sirut olivat kuivaa ja sitkeää puuta ja upseeri saattoi todeta niissä kuivan pihkan kiillettä. Ne olivat havupuuta, petäjää ja poliisi vilkaisi seiniin. Ne olivat seinästä. Missä oli porattu seinää?

Poliisipäällikkö oli syventynyt papereihinsa eikä apulainen sanonut mitään. Hän alkoi kärsivällisesti etsiä ja läheltä nurkkapöytää, ikkunanpielestä, hän löysi seinästä pienen reiän. Se näytti hänestä ensin oksalta, mutta koetettuaan kaivaa sitä veitsellään hänen onnistui se helposti irroittaa. Puutulppa oli pistetty pieneen, syvään reikään. Poliisiupseeri katseli ympärilleen ja huomasi pöydällä pitkävartisen piipun. Hän pisti varrenreikään ja se solahti sinne kauas. Seuraavassa hetkessä Hartola — upseeri — kiiruhti ulos ja ulkoseinästä hän löysi varsin pian toisen puutapin, joka ei ollut niin huolitellusti valmistettu kuin sisällä ollut.

8

Hartola seisoi pari kolme sekuntia paikalla ja lähti sitten verkalleen kävelemään pienen puutarhan halki. Hän tuli aidan luo ja lähti sitten etsimään porttia. Sellainen löytyikin, pieni sivuportti, ja polkua pitkin kulkien poliisiupseeri saapui pian syrjätielle. Hän kulki sitä pitkin katsellen tarkasti maahan, seisahteli ja mietiskeli, kunnes palasi reippaasti taloon.

— Päällikkö, hän sanoi, — luulenpa, että kaasukysymys on ratkaistu, vaikka eihän se meitä paljon auta.

— Ratkaistuko? vanhempi mies huudahti. — Eikö auta? Mitä olette keksinyt?

Hartola selosti havaintonsa ja huomionsa toiselle, näytti hänelle reiän ja johti hänet sitten maantielle.

— Minun mielestäni yhtä yksinkertaista kuin pirullista, hän virkahti. — Katsokaas, Malmi oli hyvä mies, mutta hän oli myös rohkea ja riuska mies vuosistaan huolimatta, eikä hän olisi antautunut taistelutta. Siksi rosvot vaiensivat hänet melua pitämättä. He ovat tulleet tänne autolla — ja autoahan ne ovat käyttäneet ennenkin — ja hiipineet sitten talon luo. Yksi heistä on porannut reiän seinään. Uskallan virkani vetoon, että tuon reiän kautta on johdettu kumiputki sisään ja putken toinen pää on ollut liitetty auton pakokaasuputkeen. Moottorin on annettu käydä hiljalleen ja kaasu on virrannut huoneeseen ja koko taloon. Ja kun rikolliset ovat uskoneet uhrinsa kypsäksi, he ovat vasta sitten murtautuneet sisään, avanneet ikkunat, tuulettaneet huoneet ja toimittaneet tarkastuksensa. Pieni seinäkaappi on tyhjä. Emme vain tiedä, tokko Malmilla on siinä ollut rahoja vai ei. Vain hänen asioittensa täydellinen tutkiminen voi paljastaa, kuinka suuri rosvojen saalis on ollut.

— Hm, onhan tämä jo jotakin, poliisipäällikkö tuumi. — Tiedämme edes rikostavan. Pirullisen yksinkertaista ja tehokasta! Mutta paljastavaa, Hartola naurahti jäykästi. — Jos vain... jos vain tuo kumiputki on hankittu täältä, jostakin lähistöltä, niin kyllä me ostajan jäljille pääsemme! Ainakin viisi- tai kuusikymmentä metriä!

Poliisipäällikkö katsoi häneen. — Sepä oli oiva huomio. Tämä jälki on jo jotakin ja parempi kuin mitä olemme näissä asioissa vielä milloinkaan saaneet.

* * *

Kun Hartola seuraavana iltapäivänä saapui poliisilaitokselle, hän hymyili katkeran ivallisesti. Sanomalehdet eivät kohdelleet poliisipäällikköä eivätkä häntäkään kovin ystävällisesti. Tosin sanomalehdet eivät tienneet mitään seinästä löydetystä reiästä. Oli välttämätöntä pitää se seikka salassa, etteivät rikolliset pelästyisi. Ja siksi lehdet otsikoivat juttunsa: Täysin selvittämätön rikos.

Hartola oli tänään päässyt askelen eteenpäin, mutta juuri silloin, kun kaikki näytti lupaavimmalta, oli tullut este ja pysähdys vastaan.

Hän oli lähtenyt etsimään kumiputken ostajaa. Hän olisi voinut antaa tehtävän miehilleen, mutta hän tahtoi olla varma ja suoritti itse työn. Hän kävi kumikaupoissa ja rohdosliikkeissä ja rautakaupoissa, kaikissa, missä tiesi tuollaisia kumiputkia myytävän, tarjotteli niitä itselleen, valikoi ja arvosteli ja samalla aivan huomaamatta teki kysymyksiä. Hän oli joutunut jo ostamaan muutamia metrejä erilaista kumiputkea, mutta mistään sellaisesta ostajasta, joka olisi tarvinnut mainittua tavaraa niin paljon, ei tiedetty. Hartolan mieliala laski. Hän oli mielestään tutkinut jo kaikki mahdolliset kaupat, mutta varmuuden vuoksi hän selaili osoitekalenterin vielä kertaalleen ja huomasi erään pienen, syrjäisen laivanvarustusliikkeen, jolla ehkä saattoi varastossaan olla kumiputkiakin. Hän meni sinne ja sieltä hän viimein tapasi jäljen.

— Tätä putkea ei meillä valitettavasti ole kuin muutamia metrejä, nuori virkeä kauppa-apulainen sanoi hänelle. — Muutamia päiviä sitten myimme sitä yli puolensataa metriä. Se on kyllä hyvää.

Hartola myönsi. — Kukas sitä mahtoi tarvita niin paljon kerrallaan? hän kysyi välinpitämättömästi.

— En tosiaankaan tuntenut häntä, kauppa-apulainen murskasi Hartolan toiveet, mutta joku teknikko hän sanoi olevansa ja tarvitsevansa putkea joihinkin lasten leikkikaluihin, joita hän valmisti.

— Niinkö? Minkälainen mies? Hartola uteli.

— Oikein pitkä ja laiha koipeliini, kauppa-apulainen nauroi, ja kehnonlaisesti puettu. Olen nähnyt hänet jonkin kerran kaupungilla, mutta muuta en tiedä lainkaan.

Hartola harkitsi hetkisen. Sitten hän alkoi kuiskailla kauppa-apulaiselle. Hän paljasti tälle osan salaisuutta ja pyysi tätä katselemaan kaupungissa ympärilleen. Jos hän tuntisi ostajan, olisi, hänen koetettava seurata tätä ja ottaa selvä, kuka hän oli.

Mutta kun kauppa-apulainen joutui viettämään päivänsä liikkeessä, oli olemassa vain pieni mahdollisuus, että hän näkisi kumiputken ostajaa ja siihen voisi joka tapauksessa kulun aikaa.

Juttu oli tosiaankin ratkeamaisillaan, mutta ratkaisu saattoi viipyäkin. Eikä kumiputki sittenkään ollut muuta kuin johtolanka. Se ei ollut todiste. Sillä kukaan ei ollut nähnyt, että surmaavaa kaasua olisi johdettu minkään putken avulla.

* * *

Poliisipäällikkö ei ollut saapunut ja Hartola ryhtyi muun puutteessa tutkiskelemaan aikaisempien rikosten kuulustelupöytäkirjoja, noiden kolmen aikaisemman, joita he luulivat saman rikollisen tai rikollisjoukkueen tekemiksi. Hänellä oli sellainen tunne, että jos hän osaisi taitavasti lukea ja tulkita nuo asiapaperit, hän voisi kerralla päättää, mitä kaikkea tapahtumissa oli yhteistä ja samanlaista. Hänellä oli hyvin hämärä ja heikko tunne siitä, mihin hän tahtoi päästä.

Hän luki ja merkitsi muistiin huomioitaan. Nuo kolme yhdessä surmattua vanhusta, vaimo, mies ja vaimon sisar, olivat kaikki siis vanhoja, yksinäisiä, sairaita ja varakkaita. Vakuutusvirkailijan kuolemaa koskevassa tutkimuksessa muutaman todistajan lausunto oli merkitty sellaisenaan, vaikka se ei vaikuttanutkaan asiaan. Todistaja oli ajuri, joka oli kyydinnyt vakuutusvirkailijan erään tunnetun koti-lääkärin, sellaisen omatekoisen lääkitsijän luo, jollaisiin eräät ihmiset turvautuvat. Se oli tapahtunut kahta päivää ennen rikosta eikä niin ollen ollut missään yhteydessä siihen. Vakuutusvirkailijakin oli ollut sairaaloinen mies, ja hän oli aikonut juuri siirtyä yhtiössä sisätyöhön. Hänellä tiedettiin olevan rahoja mukanaan. Ja sitten rahastonhoitaja, vaikka ei ollut vielä vanhakaan, oli niinikään sairastanut jotakin sel-vittämätöntä, pitkällistä tautia.

Hm, kaikella tällä ei ollut suurta merkitystä, yhtä vähän kuin sil-läkään, että myös Malmi oli ollut sairaaloinen ja mielellään käytellyt kaikenlaista kotilääkintää välttäen oikeita lääkäreitä. Se oli hänen omituisuutensa. Yhteistä kaikille uhreille oli siis, että he olivat olleet sairaita ja varakkaita. Mutta sairaus oli tietenkin rikokseen nähden sivuseikka, varakkuus pääasia. Sitä rikolliset olivat pitäneet silmillä.

Löytäisikö kauppa-apulainen miehensä? Siitä riippui paljon, oi-keastaan kaikki. Ei käynyt päinsä pidätellä suoraa päätä kaikkia pit-kiä, laihoja ja kehnosti puettuja miehiä.

Hartola sytytti naurettavan pienen savukkeen, joita hänellä oli ta-pana itselleen valmistaa, ja jäi miettimään hienon savurenkaan hitaas-ti kohotessa ylös. Äkkiä hänen sormensa jännittyivät, kädet puristuivat nyrkkiin ja nyrkki nousi ja laski raskaasti jymähtäen pöytään.

Voisiko... voisiko sellainen olla mahdollista? Oliko heille annettu jälki.. .? Eivätkö he sitä olleet lainkaan huomanneet? Mitä poliisi-päällikkö oli puhunut ranskalaisten järkeilevästä hullusta?

Mutta sehän... sehän sopikin erinomaisesti.

Hän luki paperit vielä kertaalleen, otti lakkinsa ja kiiruhti kau-pungille. Hänen oli nyt toimitettava joukko varovaisia ja hienotun-teisia kuulusteluja, mutta nyt hän tiesi, ettei niille voisi mitään estettä ilmaantua.

* * *

Kun poliisiupseeri Hartola melko myöhään illalla ilmestyi poliisi-laitokselle, hänen päällikkönsä näki jo hänen ilmeestään, että jotakin uutta ja tärkeää oli tapahtunut.

— Herra päällikkö, upseeri sanoi, luulen, että olemme ratkaisun kynnyksellä. Tunnetteko Mauri Hormaa?

Mauri Horma! päällikkö toisti. — Tiedän, mutta en varsinaisesti tunne. Hänhän on jonkinlainen luonnonlääkäri.

— Aivan niin, Hartola myönsi kuivasti: — Olettehan nähnyt hä-net. No niin, luulisitteko että hän voisi olla tuollainen niinkuin eilen sanoitte »järkeilevä hullu»?

Poliisipäällikkö tuijotti apulaiseensa.

— Järkeilevä hullu! Sepä sana sattui paikalleen. Se vähä mitä hä-nestä olen kuullut viittaa ihan ilmeisesti siihen. Mutta mistä ihmeestä saitte hänet tähän yhteyteen? Todistuksia?

— Ei. vielä minkäänlaisia itse asiassa... Mutta todennäköisyyksiä. Tiedättekö: hän on hoitanut jokaista noista kuudesta uhrista?

— Varmastiko?

— Ehdottomasti. Tulen juuri tiedustelemasta. Hän toimi noiden kohtien vanhuksen auttajana, hänen luonaan kävi vakuutusvirkailija ja rahastonhoitaja noudatti hänen ohjeitaan. Myöskin Malmi on ollut suhteissa hänen kanssaan. Ja kaikki, huomatkaa, Malmia lukuunotta-matta, josta emme tiedä, ovat hänestä luopuneet, koska katsoivat hä-nen hoitonsa liian kalliiksi ja tehottomaksi.

— Kautta taivaan, tämähän näyttää pahalta! Syykin olisi selvä: loukattu itsetunto ja tuollaisten »tohtorien» itsetunto on usein hyvin herkkä. Ja lisäksi tietysti ahneus. Tämähän on loistavaa päättelemistä. Mutta miten ihmeessä pääsitte alkuun?

Hartola naurahti. — En tiedä oikein itsekään. Jotenkin alitajui-sesti. Luin entisiä kuulustelupöytäkirjoja ja silloin se välähti mieleen. Vakuutusvirkailijan kuolemaa tutkittaessa muuan ajuri todisti kyy-dinneensä virkailijan Horman luo kaksi päivää ennen rikosta. Se oli aivan hyödytön sivuseikka... silloin... ja se kuitenkin antoi minulle aiheen ja lähtökohdan. Ja sitten: Hormalla on auto. Hän ei aja sitä itse. Hänellä on ajaja, joku hämärä pieni mies.

Poliisipäällikön oli vallannut jonkinlainen sisäinen, varmuus, mutta hän oli vastuullinen virkamies ja hän harkitsi tilanteen tarkkaan.

Todennäköisiä syitä oli, sitä ei voinut kieltää. Mutta ne eivät olisi tyhjää parempia, ellei olisi esittää todistuksia, sillä Mauri Horman vangitseminen ja syyttäminen pelkän epäluulon ja todennäköisyyssyitten perusteella olisi erinomaisen uskallettua. Mauri Horma tiedettiin ja tunnettiin kaupungissa. Ylimmät piirit suhtautuivat häneen suopeasti hymyillen. Joku niistäkin piireistä saattoi kääntyä hänen puoleensa sairauksien jatkuessa. Mutta lisäksi Hormalla oli vakinaisia kannattajia muiden väestönosien joukossa, sillä Horma ei ollut vain lääkitsijä, vaan hän oli myös puhuja ja profeetta. Hän oli kieltämättä omituinen ja ehkä hullu, mutta viisaan ja varman täytyi sen olla, joka aikoi panna käsiraudat hänen ranteisiinsa. Oli toimittava varovaisesti.

Hartola oli arvannut päällikkönsä ajatukset.

— Niin, minulla ei ole todisteita, hän sanoi. — Mutta voimme niitä hankkia. Horma menee tänäiltana kokoukseen puhumaan. Haluaisin vilkaista hänen autovajaansa. Se täytyy uskaltaa...

* * *

Sähkölamppu valaisi pientä puista vajaa, joka tuoksui bensiinille ja öljylle ja joka kuului Horman asuman talon yhteyteen. Hartola oli yhdessä nuoren rikospoliisin kanssa sisällä. Vaja oli melkein tyhjä, sillä Horma oli ajanut autollaan tuohon kokoukseen.

He etsivät... jotakin jälkeä, jotakin, mikä paljastaisi rikolliset, mutta lukuunottamatta joitakin auton varaosia, tyhjiä bensiiniastioita ja öljykannuja ei tuntunut olevan mitään löydettävissä.

Hartola tunsi pettymystä ja hän tiesi tulistuvansa. Hän piti teoriaansa oikeana, mutta vaikeus piili sen todistamisessa. Tietysti he voisivat tutkia Horman liikuskelua ja hänen tuttavapiiriään, mutta siitä tulisi pitkä ja vaikea juttu eikä ollut mahdotonta, että rikolliset, tuntiessaan itseään epäiltävän, ehtisivät hävittää todistusaineiston täydellisesti.

Hän väläytteli taskulampullaan. Keskilattia oli sementistä, mutta reunat olivat puusta ja hänestä näytti niinkuin pari lankkua olisi irrallaan. Rikospoliisi nosti ne ylös ja samassa valo sattui niiden alla olevaan syvennykseen, niissä oli kokonainen kasa ohutta, punertavaa kumiputkea.

— Selvä! Hartola kuiskasi kiihkoissaan käheästi. — Kautta taivaan, nyt hänellä oli todistus.

Hän kumartui pimeässä ja alkoi lappaa kumiletkua. Sitä oli pitkälti. Sitten hän työnsi sen takaisin, lankut asetettiin paikalleen ja molemmat miehet luikahtivat ulos pimeään yöhön ovesta, jonka Hartola oli tiirikoinut auki. He sulkivat sen ja jäivät portin luo puitten alle odottamaan. Ja heidän luokseen saapui pian muutamia muita tummia varjoja.

Kysymyksessä oli niin paljon, ettei mitään kannattanut laiminlyödä. Mutta kahdeksan rikospoliisia katsottiin kuitenkin riittäväksi rikollisjoukkueen vangitsemiseen.

Alkoi kohta olla jo puoliyö, kuten Hartola totesi rannekellostaan sen itseloistavasta numerotaulusta. Hän ei kuitenkaan hätäillyt eikä tuskitellut. Hänellä oli todistus ja se merkitsi kaikkea. Mauri Horma ja hänen apulaisensa eivät pääsisi pitkälle missään tapauksessa.

Sitten he kuulivat auton saapuvan katua pitkin. Hiljainen kuiskaus kuului miehestä mieheen. Ase toisessa, sähkölamppu toisessa kädessä miehet odottivat.

Auto pysähtyi portin edustalle. Se oli valaistu ja sisältä astui Mauri Horma ja pitkä, laiha mies, jonka Hartola arvasi kauppa-apulaisen ilmoittamaksi kumiputken ostajaksi.

— Vie auto vajaan ja kuljeta joelle se putki sieltä sillan alta, Horma määräsi poistuessaan pitkän miehen kanssa. Autonohjaaja nyökäytti päätään ja yritti ajaa edelleen, kun samalla monet kirkkaat valot välähtivät ympärillä palamaan ja karskit äänet komensivat:

— Kädet ylös! Täällä on poliiseja. Olette pidätetyt!

Mauri Horma seisoi hetken kuin lamautuneena. Sitten hän kirkaisi kamalalla äänellä, levitti kätensä ja nostaen ne ylös yritti luikahtaa portin läpi. Häneen käytiin käsiksi ja hän taisteli vastaan villisti ja voimakkaasti. Toinen mies sekä autonohjaaja antautuivat vastarinnatta.

— Petos, petos! Horma kiljui. Meidät on petetty! Kuka on pettänyt?

Hänen äänessään oli mielipuolinen sointu. Hartola olisi voinut sanoa hänelle, että muutamat pienet puunsirut, sahajauhoilta näyttäneet, olivat hänet ilmaisseet, mutta nyt ei ollut aikaa selvityksiin. Vangit sijoitettiin autoon, mihin tuli poliisejakin, ja pimeästä ajoi esiin toinenkin poliisien auto.

Nuori poliisiupseeri Hartola oli nopeasti ratkaissut kaamean arvoituksen.

Kuuden minuutin seikkailu

Rautatiesiltaa kannattavien teräspalkkien lomassa vilkkui punainen tulipiste. Ratamestari, joka oli kotiinsa menossa ja oikaisi sillan kautta, kumartui juuri ihmeissään tarkastamaan tuota pistettä, kun hän kuuli takaansa jotakin liikettä. Seuraavassa hetkessä hän tunsi takaraivossaan ilkeän iskun, ja joku olento heittäytyi hänen kimppuunsa. Isku oli ollut voimakas, mutta ei kylliksi tainnuttaakseen hänet. Hän heittäytyi sivulle, ja kamppailu jatkui ratavallin rinteellä. Hän ei ehtinyt kääntyä, kun sai toisen iskun. Ratavallin löyhässä hiekassa hän menetti tasapainonsa ja kaatui kierähtäen selälleen. Samassa oli tuo tuntematon olento hänen päällään tarttuen hänen kurkkuunsa ja toiseen käteensä.

Tähtikirkkaana kevätyönä hän näki, että lyöjä ja hyökkääjä oli pitkäkasvoinen, laiha mies, jonka puuskuttava hengitys kävi suoraan hänen kasvoihinsa. Kasvoja hän ei voinut tarkemmin erottaa.

Ratamestari tunsi raukeutta ja makasi hetken hiljaa. Ei toinenkaan puhunut mitään vähään aikaan. Sitten hän äkkiä ravisti uhriaan kurkusta, ja yössä kuului matala, käheä nauru.

— Ahaa, vai niin... Keksinpäs ja estinpäs! Luuletko, että viimeisellä hetkellä pääsisit turmelemaan työni? Niin, näit siellä sillan alla tulipisteen. Hahhaa, hyvät silmät sinulla on, mutta ne eivät auta. Tulipiste, tiedätkö, mitä se on? Niin, katsos, se on sytytyslangan hehkuva pää, ja se lanka johtaa trotyyli- ja pyroksiliinipanokseen!

Kokonainen maitokannullinen! Trotyyli ja pyroksiliini, ne ne ovat poikaa. Luuletko, etten minä tietäisi? Ja kuuden minuutin kuluttua tulee pikajuna, hiuuh, ja samaan aikaan on sytytyslanka lopussa. Hahhaa! Kyllä minä siitä keikauksesta palkkani saan.

Hirvittävä, häikäilemätön nauru kajahti kuulaassa yössä, ja ratamestari tunsi hetkeksi ikäänkuin vaipuvansa jonnekin syvälle. Tuo mies puhui totta. Yöpikajuna saapuisi todellakin muutaman minuutin kuluttua. Ja sillan alla hehkui tulipiste. Jos se johtaisi trotyylipanokseen, niin...

Peloittava tietoisuus kauheasta vaarasta ja tavattomasta rikoksesta herpaisi muutamaksi sekunniksi, mutta toiselta puolen se jollakin tavoin selvitti iskuista huumaantuneen pään. Ratamestari huomasi voivansa ajatella kylmästi, ja ihmeekseen hän totesi, että hänen oikea kätensä oli vapaa. Roisto luuli hänet nujertaneensa, mutta jännittäen hermonsa hän hiljalleen veti kättään sivulle ja äkkiä suuntasi vastustamattoman iskun vihollisensa leukaan. Mies ei päästänyt äännähdystäkään kierähtäessään hänen viereensä.

Ratamestari oli hetkessä jalkeilla kumartuen taintuneen yli ja kopeloiden hänen taskujaan. Aseita ei ollut muuta kuin kädestä singonnut suuri ja raskas vanhanaikainen revolveri. Hän sieppasi sen, iski sillä vastustajaansa varmuuden vuoksi vielä kerran ja juoksi ratavallille ja sillalle. Hänellä oli sähkölamppu, jonka huikaisevan kirkas valojuova äkkiä tunki alla olevaan pimeyteen.

Kautta taivaan, mies oli puhunut totta: tuolla alhaalla, teräspalkkienristeyksessä, oli kiiltävän kirkas peltinen astia. Se oli maitokannu. Ja sen sisällä näkyi joitakin punaisia ja harmaita kääröjä: räjähdysainetta. Kannun sangasta riippui pitkä teräslanka: sen avulla roisto oli kannun laskenut paikalleen, sytytettyään ensin tulilangan. Sekin näkyi selvästi, eikä sitä ollut pitkälti.

Miinoitus oli suoritettu oivallisesti.

Ratamestari tunsi vapisevansa kauttaaltaan, mutta hänen järkensä oli selvä. Varoittaa saapuvaa junaa hän ei voinut. Hänellä ei ollut mitään, millä varoittaisi. Eikä lähes sadan kilometrin vauhdilla kulkevaa junaa voitaisi hetkessä pysäyttääkään.

Räjähdyspanosta ei myöskään voinut pudottaa jokeen. Se oli melkein saavuttamattomissa, liian kaukana sekä ylhäältä että alhaalta.

Roisto oli suunnitellut työnsä mestarillisesti. Hitaasti ja varmasti läheni tulilangan hehkuva pää panosastiaa loistaen pirullisen punaisena yössä.

Revolveri! välähti äkkiä hänen mielessään. Niin, miksei, hän ei tosin ollut mikään mestariampuja, mutta välimatka oli joka tapauksessa lyhyt. Hän voisi ampua tulilangan poikki.

Maaten pitkällään radalla hän työnsi revolverin niin pitkälle kuin ulottui aukkoon, valaisten vasemmalla kädellään maalia. Huh, ase oli vanha ja karkeajyväinen, mutta hän sai sen tuetuksi erästä palkkia vasten.

Hän tähtäsi huolellisesti. Käsi lakkasi vapisemasta. Hän saattoi vannoa, että kuula osuisi, kun hän verkalleen, tempoilematta, painoi liipasinta ja laukaisi. Kuului naksahdus, mutta ei laukausta. Revolveri ei ollut lauennut.

Hiki nousi hänen otsalleen, kun hän asentoaan vähääkään muuttamatta yritti toistamiseen. Revolveri ei nytkään lauennut.

Hän kohottautui hieman ja tarkasti sähkölamppunsa valossa asetta päästäen ihmettelevän kirouksen:

Junarosvon revolverissa oli panosrumpu ihan tyhjä. Hän sinkautti aseen luotaan, hypähtäen pystyyn. Hänen korvansa olivat kiskoilla maatessa jo erottaneet yöjunan pyörien jyskettä, kaukana ja heikkona, mutta hän tiesi, että ääni ja juna lähestyivät melkein sadan kilometrin nopeudella.

Hänen päätöksensä oli selvä, vaikka hän tiesikin, että se oli mieletön. Hän ei ollut mikään sirkusakrobaatti. Hänen oli kiivettävä sillan alle ja sysättävä räjähdyspanos jokeen, kun olisi ensin kiskaissut tulilangan pään irti.

Hän nousi nopeasti kaiteelle ja silmäsi alas. Siellä kimalteli joki aavistuttavan mustana parinkymmenen metrin syvyydessä. Mutta hän ei omistanut sille ajatustakaan. Hän alkoi laskeutua.

Alkumatka tuntui hänestä mahdottomalta, mutta hän huomasi sittenkin selvinneensä ainakin sillan alle. Käsivarsia särki jo, ja hän tunsi hiukan huojuvansa, mutta tuo tunne meni ohitse. Hän etsi katseillaan tulipistettä ja keksikin sen. Silmänräpäyksen ajan hän valaisi sähkölampulla ympäristöään.

Nyt hän oli selvillä seuraavista askelistaan. Kulku ei ollut helppoa. Välimatkat olivat suuret ja epäonnistuminen merkitsi kaiken kadottamista ja syöksymistä jokeen. Mutta hänen kätensä pitivät, kun hän tarttui jääkylmiin palkkeihin, ja hänen jalkansa tapasivat, minne niiden pitikin.

Mutta hänen etenemisensä oli hidasta ja vaati tarkkaa harkintaa. Hänen piti jokainen askeleensa ensin valaista ja sitten pimeydessä suorittaa. Täällä sillan alla oli paljon pimeämpää kuin ylhäällä. Ja äkkiä hän kuuli ja tunsi rautojen värisevän.

Pikajuna lähestyi.

Tämä havainto herpaisi hänet tuokioksi, mutta sitten hän jatkoi matkaansa. Hän kurottautui eteenpäin, jalat taempana alhaalla ja valaisi jälleen lampullaan. Vähällä oli, ettei hän päästänyt otettaan irti.

Hänen tiensä oli katkaistu, auttamattomasti katkaistu. Hän oli sittenkin laskenut väärin. Siitä paikasta, missä hän nyt oli, hän ei päässyt mihinkään. Millään hän ei jaksaisi heilauttaa itseään seuraavalle palkille melkein pilkkopimeässä. Ylös hän ei enää jaksaisi ponnistaa, ja alhaalla oli vain hiljalleen virtaava joki.

Junankohu kuului jo ihan selvästi ja pienoinen tulipiste muutamien metrien päässä tuntui hänen silmissään kasvavan loimottavaksi valkeaksi.

Mutta hän ei ollut niitä miehiä, jotka hellittävät ennen loppua. Hän valaisi jälleen lampullaan ja keksi nyt jotakin, mitä hän ei tähän saakka ollut huomannut. Teräslanka, joka oli kiinnitetty kannun sankaan, heilui vain jonkun matkan päässä hänestä. Se oli kuitenkin liian kaukana hänen tavoitettavakseen siltä paikalta, missä hän seisoi. Hän ajatteli kylmästi muutamia sekunteja. Pikajuna ei voinut olla enää kaukana. Sen kohu ja jyske täytti jo tienoon. Nyt oli vain yksi ja heikko mahdollisuus. Muuta ei ollut tehtävissä, mutta sen hän empimättä teki. Hän arvioi välimatkan tarkkaan, heitti lamppunsa jokeen, jättäytyi käsien varaan, teki rajun heilahduksen ja syöksyi eteenpäin ja alas. Hän kuuli junan valtavan jyskeen vain parin sadan metrin päässä, kun hän pimeässä, mustan joen yllä kiitäessään ilman halki tunsi käsissään jotakin ohutta ja kylmää. Suonenvedontapaisesti hänen molemmat kätensä tarrautuivat siihen; hän vaistosi nykäisseensä jotakin raskaampaa ja oli näkevinään heikon tuliviirun seuraavan itseään syvyyteen, kun hän putosi, putosi...

Seuraavassa hetkessä kohahti pikajuna sillalle, kiskot soivat, siltä värisi jokaisessa hiukkasessaan, pyörät jyskivät, ja pehmeä savu painui tiiviisti junan kylkiin, kun se kiitävänä hirviönä syöksyi sillan poikki jättäen kaikki kiskot, jokaisen naulan ja niitin jälkeensä värisemään, vapisemaan ja soimaan.

Kevätkylmä vesi esti ratamestarin menemästä tainnoksiin hänen syöksyessään jokeen runsaasti yli kymmenen metrin korkeudesta. Vaistomaisesti hän pinnalle kohottuaan teki uintiliikkeitä, selvisi täydelleen ja oli muutamien rivakkojen vetojen jälkeen rannalla, jossa hän istahti lepäämään katsellen puoleksi ihmetellen sillan toisella puolella kaukaisuuteen häipyviä junavaloja.

Hänen kuuden minuutin seikkailunsa oli lopussa. Kuudenko minuutin? Hänestä tuntui, että siitä hetkestä, kun hän oli sillalle saapunut, oli kulunut vuosia. Mutta ei, siitä oli kulunut kuusi minuuttia, sellaisia hetkiä, jotka hän tosiaan saattoi sanoa eläneensä.

Sitten hän huomasi, että hänen oikean ranteensa ympärillä oli teräslankaa. Hän veti sitä. Ja vedettyään tarpeeksi hän sai maihin peltisen maitokannun kauheine sisältöineen. Mutta nyt se sisältö oli vaaraton.

Heikossa valaistuksessa hän tarkasti saalistaan. Niin, sisällä oli jotakin kuutioita. Keskellä törrötti vielä tuuman verta tulilangan sammunutta päätä.

Hän jätti kannun siihen ja kiipesi ratavallille katsomaan rikollista. Samassa hän näki resinan lähestyvän ja ilostui. Siellä oli ratavartija saapumassa. Hän huusi miehelle ja käski hänen pysähtyä, minkä jälkeen hän syöksyi vihollisensa luo, minne ratavartijakin kiiruhti valaisten miestä lyhdyllään.

— Tunnetteko? kysyi ratamestari alaiseltaan.

— Kyllä, tämähän on se »nauramaton» amerikkalainen, vastasi ratavartija kummastuneena ja teki merkitsevän viittauksen päähänsä.

Ratamestari seisoi hetkisen mietteissään ja otti sitten lyhdyn käyden noutamassa maitokannun. Hänen aavistuksensa toteutui: se, mitä hän ja tuo osittainen mielipuoli olivat pitäneet trotyylinä ja ties minä, olikin »Parasta pyykkisaippuaa». Nallina oli tyhjä patruunahylsy. Ainoa, mikä oli ollut oikeaa, oli tulilanka. Niin, niin, siksi ei revolverissakaan ollut ainoatakaan ammusta.

— No niin, kaikki resinaan, komensi ratamestari.

— Selvitettävä tämä asia on kuitenkin. Ja minä, luullakseni, tarvitsisin nyt kuivaa ylleni ja lämmintä sisääni. Hm, olisiko teillä lainata minulle savuke ja tulta? Se maistuisi nyt seikkailun jälkeen, vaikka eihän tuo seikkailu kestänyt tosin kuin kuusi minuuttia.

Unohdettu pikkuseikka

— No niin. luuletteko noitten laitteiden riittävän? herra Kalse kysy vieraaltaan.

Vieras ei vastannut suoraan. Hänen ilmeensä oli kohteliaan ylimielinen.

— Epäilemättä laitteet ovat hyvät, hän sanoi. Mutta ovatko ne riittävät, sitä en voi sanoa. Otaksuisin, että taitava, erikoistunut murtovaras selviytyisi näistä suoja- ja hälyytyslaitteista.

— Epäilen, herra Kalse väitti. — Hän ei pääse sisään, ei ovista, ei ikkunoista, ei edes ullakon kautta. Eikä seinistä kukaan yritäkään.

Vieras hymyili edelleen.

— Epäilemättä, epäilemättä. Puhuinkin enemmän teoreettisesti. Yhtiömme voi olla täysin tyytyväinen. Sen vakuuttamat kokoelmat ovat hyvässä turvassa. Pyydän vain anteeksi aiheuttamaani häiriötä ja kiitän ystävällisyydestänne.

— Ei mitään kiittelemistä. Jäätte kai päivälliselle! Sen jälkeen, jos teitä huvittaa, näyttäisin mielelläni kokoelmiani. Niissä voi olla jotakin kiintoisia teidänlaisellenne asiantuntijalle, herra tarkastaja.

Tarkastaja Wilhelm Saarto kumarsi. Hän oli toivonut tätä, mutta ei ollut voinut pyytää. Herra Kalseen kokoelmat olivat maankuulut, mutta harvat pääsivät niitä omin silmin näkemään. Ne oli tosin lahjoitettu museolle, mutta vasta omistajan kuoleman jälkeen. Ne olivat suunnattoman arvokkaat, eivät pelkältä kokoelma-arvoltaan, vaan itsessäänkin. Niiden joukossa oli kultaa ja jalokiviä... Ei ollut ihme, että vakuutusyhtiö tahtoi varmistua niiden turvallisuudesta. Tosin tämä tapahtui ensi kerran, mutta joka tapauksessa...

Herra Saarto myönsi itsekseen, että hälyytyslaitteet olivat yllättävät. Käytännöllisesti katsoen ne olivat voittamattomat ja etevinkin kutsumaton vieras varmasti polttaisi näppinsä, jos yrittäisi taloon luvatta tunkeutua.

— Onko teillä, jos saan luvan kysyä, suurikin henkilökunta?

Rikas keräilijä hymähti.

— Ei, en pidä mitään hovia. Autonajaja on samalla talonmies ja hovimestari on isännöitsijä. Lisäksi keittäjätär ja sisäkkö. Siinä kaikki. Kaksi perhettä

— Kaksi miestä kyllä riittää suojaksi, tarkastaja Saarto myönsi.

— Kyllä, ainakin kaksi sellaista miestä, herra Kalse vakuutti. — Autonkuljettaja on entinen aliupseeri, sekä sukkela että vahva ja isännöitsijä harrastaa vieläkin jalkapalloilua ja ampumista. Niiden miesten käsiin ei ole hyvä joutua. Sekä älykkäitä että rohkeita.

— Aivan niin. Ja he ovat aina lähistöllä?

— Kyllä, iltaisin ja öisin. Isännöitsijän huoneet ovat pääoven luona, autonkuljettaja asuu taas pihaoven vierellä. Kaksi vartiota, herra Kalse nauroi.

— Harkittu järjestely, vähäinen, mutta tehokas, tarkastaja kiitti. — Onko teille tehty tähän asti mitään murtoyritystä?

— Ei. Varokeinoni tunnetaan kaupungissa ja niiden tehosta liikkuu liioiteltujakin tietoja. Sitäpaitsi: saatava saalis on siksi erikoislaaduista, että vain harvat kykenevät käyttämään niitä täysin hyödykseen.

Keskustelu siirtyi muihin asioihin, kunnes hovimestari ilmoitti pöydän katetuksi. Päivällinen oli mitä huolitelluin, lajien luku rajoitettu, mutta valikoitu, ja sekä isäntä että hänen tahdikas vieraansa lausuivat hovimestarille tunnustuksen sanoja. Kahvin ja liköörin jälkeen herrat siirtyivät sitten tarkastelemaan talon ainutlaatuisia kulttuurihistoriallisia ja korutaiteellisia kokoelmia, eikä tarkastaja

Saarto, niin hillitysti kuin hän esiintyikin, säästellyt ihailun ilmauksiaan. Hänen huomautuksensa olivat asiallisia ja tunnustuksensa ehdottomasti sattuvia ja herra Kalse tunsi vilpitöntä mielihyvää siitä, kun siinä ei ollut jälkeäkään perusteettomasta imartelusta.

— Ja te jatkatte keräilyä? herra Saarto tiedusti.

— Tietenkin. Olen vastikään saanut tarjouksen pääkaupungista ja matkustan tarkastamaan.

— Niinkö? tarkastaja vilkastui. — Ja milloin, jos saan luvan kysyä?

— Luultavasti huomisiltana. Kuinka niin?

— Niin, ajattelin vain. että mahdollisesti olisin uskaltautunut esittäytyä matkaseuraksi... Mutta ei, minun on matkustettava jo tänään. Ja, huomaan, että olen aivan suhteettomasti kuluttanut aikaanne. Lausun parhaimmat kiitokseni omasta puolestani, suurenmoisesta ystävällisyydestänne ja yhtiömme voin vakuuttaa olevan tyytyväisen.

Tarkastaja Saarto hyvästeli hillityn juhlallisesti.

* * *

Minuutti sen jälkeen kun herra Kalseen auto, seuraavana iltana oli lähtenyt pääoven edustalta, paikalle saapui toinen auto ja pysähtyi moottorin kuitenkin jatkaessa käyntiään. Auton ovesta pujahti kadulle herrasmies, joka kiiruhti soittamaan ovikelloa.

Hänen ei tarvinnut odottaa kauan. Ovi avautui ja aukkoon ilmestyi hovimestarin jykevä, levollinen olemus. Hän kumarsi tuntiessaan herran.

— Hyvää iltaa, herra tarkastaja!

Hän väistyi syrjään päästäen tulijan eteishalliin.

— Onko herra Kalse kolona? Vai onko hän jo matkustanut, tarkastaja Saarto, tulija, tiedusti kiireisesti.

— Herra Kalse lähti asemalle noin minuutti sitten...

— Sepä vahinko... Hm. niin...

Vieraan epäselvät mietteet keskeytyivät siihen, että hallin sivulla olevassa komerossa puhelin kilahti soimaan.

— Anteeksi, hetkinen... hovimestari kumarsi ja riensi vastaamaan.

Puhelimessa kysyttiin herra Kalsetta. Hovimestari ei tuntenut kysyjän ääntä eikä saanut selvää hänen nimestäänkään. Joku taidekauppias. Puhui pitkään ja sekavasti, kyseli moneen kertaan, minne herra Kalse oli matkustanut ja tiedusti tarkan osoitteen. Hovimestari yritti jo pahanlaisesti hermostua, varsinkin kun kuuli ulko-oven käyvän ja läjähtävän kiinni. Kuului auton surinaakin ja kun hovimestari viimeinkin selvisi puhelimesta, oli eteishalli hänen tullessaan tyhjä. Tarkastaja Saarto oli lähtenyt. Pöydällä oli herra Kalseelle osoitettu kirje.

— Olipa sillä kiire! hovimestari mutisi ja otti kirjeen. Mutta hän ei ihmetellyt vieraan lähtöä. Puhelinkeskustelu oli todellakin ollut hermostuttava.

Hän avasi oven ja katsoi ulos. Auto oli kadonnut oven edustalta.

Mietteissään hovimestari vetäytyi sisäpuolelle ja sulki oven kiinnittäen hälyytyskellon toimimaan. Hän ei ajatellut asiaa enemmän.

* * *

Kuitenkin hovimestarin olisi ollut syytä ajatella. Mutta sitä ei voitu häneltä, enempää kuin keneltäkään muultakaan hänen asemassaan olevalta, vaatia.

Kaikki oli nimittäin sujunut täsmällisesti suunnitelmien mukaan — tarkastaja Saarron ja hänen apulaistensa suunnitelmien — mukaan. Kaikki oli käynyt liian luontevasti.

Herra Saarto oli päässyt eteishalliin juuri oikeaan aikaan. Hänen apulaisensa oli soittanut ihan sekunnilleen. Ja toinen apulainen autoineen oli poistunut silloin kuin pitikin, ei sekuntiakaan liian aikaisin eikä liian myöhään.

Hovimestari oli petetty monella pienellä yht'aikaisella keinolla. Hän olisi, jos sitä olisi vaadittu, vaikka vannonut tarkastaja Saarron poistuneen. Eikä hän kuitenkaan ollut sitä nähnyt Hän oli kuullut vain oven käyvän, auton surinan ja nähnyt eteishallin pöydälle asetetun kirjeen. Nämä seikat ja se, ettei hän nähnyt enää tarkastajaa, saivat hänet vakuutetuksi siitä, että tämä oli poistunut.

Kuitenkin hovimestari erehtyi perusteellisesti.

Tarkastaja Saarto oli talon yläkerrassa, suuressa kokoelmahuoneessa seisoen sen nurkassa suuren gobeliinikehyksen takana. Keskiaikaista metsäkarjumetsästystä kuvaava gobeliini peitti hänet näkyvistä. Ainoankaan hälyytyslaitteen varoittamatta hän oli päässyt perille asti. Ja hän tiesi myös, tarkasti ja yksityiskohtaisesti, miten hän pääsisi poiskin. Herra Kalse itse oli ystävällisesti selostanut hänelle, »vakuutusyhtiön tarkastajalle», hälyytyslaitteiden koneiston. Puutarhaikkunan kautta kävi poistuminen melkein yhtä helposti kuin pääovesta.

Mutta tarkastaja Saarron, joka ei tosin ollut tarkastaja eikä Saarto, oli silti toimitettava asiansa. Herra Kalseen kokoelmat tulisivat vajavaisiksi, eikä se museo, jolle ne oli lahjoitettu, pääsisi niiden täydellisyydellä ylpeilemään.

Mutta nyt oli odotettava. Monta tuntia. Vasta sitten, kun talossa kaikki nukkuivat, hän saattaisi ryhtyä työhön.

Niin, tämä odottaminen oli yrityksen epämiellyttävin osa. Hän ei uskaltanut istuutua lattialle, hänen oli seisottava ja korkeintaan sai nojata seinään.

Mutta hän saisi kyllä tästäkin odotuksesta korvauksen. Ruhtinaallisen ja enemmänkin.

Herra Saarto seisoi gobeliinin takana pimeässä kokoelmahuoneessa. Häntä ei väsyttänyt, mutta hänen teki mieli savuketta... Ah, mutta se oli kiellettyä.

Tunti kului tunnin jälkeen. Uunin reunalla seisova siro rokokokello löi hopeanheleästi. Hän oli nähnyt tuon loistoesineen eilen ja tunsi sen äänen. Alakerroksesta kuului liikettä, ovissa käytiin, kuului puhetta ja jokunen naurahdus.

Lähes kolme tuntia oli kulunut, kun herra Saarron herkistynyt korva erotti kahdet askeleet porrasmatolla. Yläkerroksen halliin tulvahti valoa ja hän näki gobeliinin ja kehyksen raosta, että hallissa oli hovimestari ja toinen mies, luultavasti autonkuljettaja.

Niin. he olivat tanakoita miehiä, sellaisia, joita ei käsikähmässä hevillä voita. Herra Saartoa jännitti, vaikka hän arvasikin, millä asialla miehet olivat. He tarkistivat hälyytyslaitteet, joitten keskus oli yläkerroksen hallissa, herra Kalseen työhuoneen ääressä.

— Kunnossa ovat. hovimestari sanoi.

— Kunnossa, toinen vahvisti.

Miehet poistuivat kiirehtimättä ja valo hallista sammui. . .

* * *

Saarto tunsi liikkeensä epävarmoiksi ja jäsenensä raskaiksi, kun hän noin viiden tunnin odotuksen jälkeen lähti liikkeelle piilopaikastaan.

Hän verrytteli itseään hetkisen keskilattialla. Ulkona oli kuutamo. Se helpoitti paljon. Ei tarvinnut käyttää salalyhtyäkään.

Hän veti paksut sukat kenkiensä päälle. Käsineet hänellä olivat olleet alusta alkaen. Päällyspalton taskusta hän otti esille pienen mytyn pehmeää, hienoa huopaa. Se oli laukku, täynnä taskuja.

Sen hän täyttäisi.

Ja sitten hän aloitti työnsä. Nopeasti, varmasti, hätäilemättä. Ja järjestelmällisesti. Esine toisensa jälkeen, pieniä koruja, norsunluuta, kultaa, porsliinia, hopeaa, sullottiin huopalaukkuun, sen eri taskuihin. Mitään ääntä ei kuulunut. Muutamia tusinoita miniatyyrimaalauksia otettiin niinikään. Sitten hän leikkasi kymmenkunnasta maalauksesta kankaan irti kehyksistä ja kiersi kankaat kääröksi. Se taas kiedottiin useihin gobeliineihin. Oh, se käärö oli rahanarvoinen ja Amerikassa, sekä pohjoisessa että etelässä, siitä kyllä rahaa maksettaisiin sen saantitapaa tiedustelematta.

Ja lopuksi: helmi- ja jalokivikaappi!

Hän hiipi halliin ja yhdellä ainoalla kädenliikkeellä sulki hälyytysverkoston. Kaappi oli siihen yhdistetty. Nyt oli tie vapaa.

Kaappi oli huoneen perällä isohkossa pitkänomaisessa komerossa, jonka aukkoa peittivät verhot. Tuo komero lie alkuaan ollut pieni huone, joka sitten oli yhdistetty suurempaan.

Hän työnsi verhoja äärimmäisen varovaisesti syrjään. Kuunvalo paistoi komeroon teräsristikkoisen ikkunan läpi. Se siivilöityi kostean lasin läpi kermankaltaisena ja hohti sadunomaisena kaapin kalleuksissa.

Kaapin ovi oli kahden minuutin kuluttua avattu. Hätäilemättä, mutta silti nopeasti herra Saarto puhdisti kaapin koko sisällyksen taskuihinsa. Hyllyt jäivät loistamaan tyhjinä ja autioina.

Nyt vain pois ja autoon, joka odotti lähimmällä sivukadulla. He saisivat ainakin viiden kuuden, ehkäpä kahdeksankin tunnin etumatkan. Se riittäisi.

Herra Saarto lähti takaisin ja veti verhoja syrjään. Samassa veri tulvahti hänen päähänsä, hän kuin nauliutui paikalleen ja hänen silmänsä laajenivat kauhusta.

Kuun kermamaisessa valossa hän näki, että komeron suulle oli ilmestynyt kuusi mustaksi hapetettua, jykevää terästankoa, jotka täydellisesti sulkivat tien.

Hän oli satimessa. Pääsemättömästi.

Hän käsitti sen heti. Sekunnissa. Terästangot ikkunassa olivat lujat. Komeron suulla vielä lujemmat. Hänellä ei ollut sellaisia välineitä, joilla hän voisi ne murtaa.

Vaistomaisesti hänen huuliltaan pääsi raivokas murahdus. Herra Katseen varokeinot olivat siis sittenkin täydelliset. Tätä hän ei ollut näyttänyt, tästä, tästä ainoasta hän ei ollut mitään maininnut... ja nyt, nyt hän oli pyydystänyt herra Saarron kuin hiiren elävänä. Tämähän oli kuin hiirenhäkki... Korukaappi vastasi juustopalaa...

Ja hän... hän oli mennyt tähän typerään häkkiin... arvottomaan loukkuun... hän...!

Niin, se oli arvoton, mutta se oli luja!

Hän koetti tyyntyä ja hitaasti hän siinä onnistuikin. Hänellä oli aikaa, hän yrittäisi... Muut hälyytyslaitteet eivät toimineet... Hän voisi koettaa vapautua kaikessa hiljaisuudessa.

Ja hän koetti. Hän tutki ja tarkasti. Hänellä oli vähän tarkastettavaa. Mutta hän tutkikin kaiken perusteellisesti. Tunti meni ja meni toinen. Raivo ja epätoivo ja väsymys vuorottelivat, mutta hän ei hellittänyt... Hän ei tahtonut taipua, nyt, kun hän asiallisesti jo oli voittanut. Olihan poistuminen melkein kuin muotoseikka...

Ja hän koetti johdonmukaisesti ajatella.

Noitten lankojen koneisto ei ollut muitten laitteiden yhteydessä. Kaapin koskettelu nähtävästi oli aiheuttanut tankojen ilmestymisen. Tai mahdollisesti vain kaapin lähestyminenkin. Hän muisteli edellistä iltaa. Silloin eivät tangot ilmestyneet.

Mikä oli erona?

Alkoi jo sarastaa, kun hänen kuumeisiin ajatuksiinsa vilahti, että herra Kalse oli sytyttänyt sähkön heidän tullessaan komeron luo. Mutta mitäpä siitä! Olipa sähkövalo tai ei, sehän ei asiaan vaikuttanut.

Mutta ajatus palasi uudelleen. Hän ei saanut jättää mitään käyttämättä, mitään mahdollisuutta.

Sähkönappula?

Hän tarkasti terästankojen lomitse. Se oli ylettyvillä! Ei, se oli siis turhaa!

Mutta hän oli niin epätoivoissaan, että painoi sähkönappulaa.

Ja hänen koko ruumiinsa alkoi vapista, kun terästangot äänettömästi ja nopeasti liukuivat ylös.

Tie oli vapaa!

Hän henkäsi syvään ja Syöksähti suureen huoneeseen. Huopalaukku ja kääro olivat lattialla. Hän tempasi ne ja kiiruhti alakertaan. Ikkunan avaaminen ei tuottanut vaikeuksia. Hän kapusi alas ja ojentautui ottamaan tavaroitaan ikkunalaudalta. Sarastus oli jo pitkällä, mutta ehkä häntä onnistaisi!

Odottaisiko auto? Siinä oli tärkein kysymys.

Hän puikkelehti pensaitten lomitse ja tuli pensasaidan luo. Hän henkäsi kuuluvasti. Auto oli paikalla. Toisella puolen katua.

Hän vihelsi hiljaa ja leikkasi samalla erikoissaksilla aukon aitaan. Auton ovi avautui ja mies tuli poikki kadun.

Se oli hänen apulaisensa.

Hän ojensi tälle taulukäärön. Katu oli hämärä ja autio. He kulkivat kiirehtimättä sen poikki.

Auton ovi oli auki jo. mutta enne kuin hän ehti astua siihen, pieni puutarhaportti aivan auton edessä aukeni ja kaksi miestä hyökkäsi esiin. Hän näki, että toinen oli poliisi.

Hän ei ehtinyt tehdä juuri mitään. Toinen miehistä, siviilipukuinen, oli liian nopea ja luja. Hän sai iskun, joka hetkessä hänet melkein tainnutti. Kuin kaukaa hän kuuli jämerän käskyn:

— Kädet ylös!

Hän ei voinut sitä noudattaa, mutta hänen apulaisensa eivät vitkastelleet.

* * *

Autonkuljettaja oli tyytyväinen aamulla.

— Se kävi kätevästi. Ja hyvä oli, että tuo auto herätti epäluuloa ja että poliisi viitsi sitä niin kauan minun kanssani pitää silmällä. Mutta en minä vain ymmärrä, miten se mies pääsi sisään ja pois minkään kuulumatta.

Mutta hovimestari ymmärsi nyt kyllä. Liiankin hyvin.

— Niin, jos tuota autoa ei olisi ollut. . . hän sanoi miettivästi.

Sitten hän naurahti.

— Herra näytteli sille eilen kaikki laitteet, mutta herralta lienee unohtunut ne keskeneräiset ja kömpelöt tangot. Ne ne sitä lurjusta viivyttivät!

— Ka, unohtuuhan sellainen pikkuseikka!

Torni

Kevätillankin hymyävässä maisemassa voi olla synkkää enteellisyyttä. Joel Ervolan mieltä painosti, hän tunsi uhkaavaa raskautta ja levottomuutta eikä hän kuitenkaan tiennyt syytä.

Ehkä syynä mielen raskauteen ja synkkyyteen oli hänen työnsä, vanhan kirkon koristaminen, restauroiminen ja uusien seinä- ja kattomaalausten teko. Viimeinen tuomio, helvettikohtaukset, ristiinnaulitseminen, jotka aiheet sisältyivät hänen työhönsä, eivät olleet omiaan, ajatusten syvennyttyä niihin, saattamaan taiteilijaa keveään ja huolettomaan mielentilaan.

Hän istui nyt, päivän työn päätettyään, kuorissa puoleksi tarkastellen siveltimensä jälkiä, puoleksi haaveillen ja suunnitelmiaan kehitellen. Vanha kirkko, sen hiljaisuus, vuosisataisten rukousten, tuskien ja toiveitten ilmakehä ikäänkuin puristi häntä. Synkkämielisyyden aave oli lähellä väijymässä ja vain voimiaan ponnistaen Ervola kohottautui ja lähti nousemaan torniin. Hän kaipasi avaruutta ja ilmaa.

Ja näköala olikin laaja, peninkulmien mittainen ja hurmaava kaukaisuudessaan. Kirkko oli ylvään vaaran laella ja torni korkea. Pientä miellyttävää arkuutta tuntien hän kumartui ikkunasta katsoakseen alas pyörryttävään syvyyteen.

Ja silloin hän näki Tuulikin, rovastintyttären, ylpeän ja oikullisen ja kauniin; tytön, jota Joel Ervola jo kauan sitten olisi halunnut samalla kertaa sekä suudella että lyödä. Hän ei ollut tehnyt kumpaakaan vaan oli tyytynyt kankeaan ja — vaikka hän itse ei sitä aavistanut — naurettavan, ylpeään tervehdykseen, pieniin kömpelöihin keskusteluyrityksiin ja silmäyksiin, jotka hän itse luuli välinpitämättömiksi ja kylmiksi, mutta jotka peittelemättä paljastivat hänen hehkuvat tunteensa.

Tuulikki käveli hitaasti vaaran laella kulkevalla tiellä ja tuli kirkkoa kohti. Ja tyttö näki miehen tornin ikkunassa, näki ja tervehti ja kiiruhti hiukan askeleitaan. Hän pani kätensä torveksi suun ympärille ja huusi korkeuteen:

— Onko teillä tornin avain? Minäkin tulisin sinne ylös.

Hetken kuluttua tyttö oli tornissa. Hän pysähtyi ikkunan ääreen ja hengähti syvään, ei nousemisen ponnistuksesta, vaan ihastuksesta. Hän nautti hetkisen maisemasta, liikahtamatta, puhumatta.

— Täällä saa suuria ja kauniita ajatuksia, hän sanoi sitten, koruttomasti ja sydämellisesti. — Ymmärrän, että pidätte tästä paikasta. Te tarvitsette suuria ja kauniita ajatuksia enemmän kuin muut.

Ja luontevasti tyttö istahti vanhaan kirkonpenkkiin, jota vasten mies nojasi.

Taiteilija aikoi sanoa jotakin, mutta samassa veti räikeä ääni heidän molempien huomion puoleensa. Se kuului kaukaa selältä, mutta silti selvänä ja häiritsevänä.

— Dosentin moottorivene! tyttö lausahti. — On synti, että luontoa ja ihmisiä kiusataan tuollaisilla äänillä.

Tytön sanat tekivät hyvää taiteilijalle, mutta samalla ne pistivät. Dosentti ja maisteri, niin, Tuulikin molemmat ihailijat, tutkijat ja hienostelijat! Taiteilijan mustasukkaisuus leimahti ilmiliekkiin, mutta hän ei sanonut mitään.

Tyttö oli ollut oikeassa. Moottorivene tuli näkyviin salmesta.

— Ne ovat menossa kalaan, tyttö selitteli edelleen. Mutta, mitä ihmettä...!

Tytön ihmettelyyn ehkä olikin aihetta. Moottorivene ei kaartanut tunnetuille kalakodoille, vaan pysähtyi pienen suojaavan saaren taa.

Ja veneessä olleet kaksi miestä siirtyivät takana hinattuun jollaan lähtien soutamaan kohti kirkkolahtea. Liikkeet olivat todellakin hieman outoja.

Mutta tyttö hylkäsi veneen tarkastelun ja aloitti keskustelun, toisin sanoen pakoitti taiteilijankin puhumaan. Ja hän puhui paljon, mutta hänen sävyssään, hänen äänenpainossaan ja hänen ilmeissään oli vain yksi ainoa todellinen sisällys; hänen rakkautensa. Niinkuin padottu virta hänestä tulvahti kauan pidätetty kiihkeä tunteiden paljous, joka ihastutti, pelästytti ja aristutti hänen kuuntelijattarensa.

He eivät lainkaan huomanneet, että pieni jolla oli soudettu kirkkolahden suojaisaan sopukkaan ja että molemmat miehet kantaen omituisia taakkoja, illan tihenevässä hämärässä hiljaa astelivat — olisipa melkein voinut sanoa: hiipivät — kohti kirkkoa. Vasta hiekan narskuminen tornin juurella sai heidät ikäänkuin havahtumaan ja sanattomasta sopimuksesta vaikenemaan ja odottamaan, kunnes häiritsijät olisivat sivuuttaneet paikan. Salaten ilonsa taiteilija huomasi, ettei tyttö ainakaan tällä kerralla halunnut vaihtaa hänen seuraansa noitten kahden seuraan.

He istuivat hiljaa ja odottivat.

Ja äkkiä he kuulivat, että avainta kierrettiin lukossa, jossakin kaukana alhaalla. He katsahtivat hämmästyneinä toisiinsa. Raivon ja pettymyksen ilme levisi miehen kasvoille, kiusaantuneen ärtymyksen tytön kulmiin ja suupieliin. Heidän asemansa olikin kiusallinen. Se oli lievästi sopimatonkin, sillä kellomäärän oli kumpainenkin unohtanut.

Mutta sitten he tajusivat vieraitten käynnin outouden.

— Arkistoako he nyt tulevat tutkimaan? taiteilija kuiskasi kysyvästi. Tyttö kohautti lievästi olkapäitään.

— En ymmärrä. Ehkä ovat jotakin unohtaneet arkistohuoneeseen. Mutta... miten ihmeessä he ovat saaneet avaimet? Isä ei ole luvannut heille niitä. Siitä oli kerran kysymys. Tulta ei saa käyttää tornissa eikä tänne ole sähkövaloa. Eihän nyt näe lukea.

Tosiaankin, dosentti Högstedtin ja maisteri Behrensin käyntiin liittyi salaperäisyyttä. Koko matkaankin. Hehän olivat ajaneet moottorilla saarelle, tulleet jollalla lahteen ja saapuivat nyt iltayöstä kirkkoon. He olivat tosin arkistotutkijoita, joita vanhan kirkon paperit suuresti kiinnostivat, mutta mikään ei ollut viitannut siihen, että heillä olisi ollut niin kiire, etteivät he olisi voineet suorittaa käyntejään päiväsaikaan. Ja avaimet!

He kuulivat askeleita alhaalta, kopistelua tornikäytävässä ja kahden henkilön saapumisen arkistohuoneeseen. Sitten hiljaisen, mutta selvään vihelletyn operettipätkän, oudon sikäli, että viheltäjänä täytyi olla joko dosentin taikka maisterin, jotka olivat tunnetut kuiviksi ja vakaviksi arkisto- ja sukututkijoiksi.

Sitten dosentti puhui. Hänen äänessään ei ollut jälkeäkään hienostelusta.

— Nopeasti työhön ja huomenna ei pirukaan ota selvää, mikä näissä papereissa on alkuperäistä ja mikä parannettua.

Maisteri kuului naurahtavan.

— Sehän käy kuin luomisen työ. En minä turhan takia ollut mestari Puustisen sitojaoppilaana. Kyllä minä puran ja sidon nämä foliantit niin ettei niissä näy pihtien pitämät. Ja ystävämme Raoul saa sukupuun, jolla on sekä pituutta että leveyttä.

Ihan huomaamattaan Tuulikki oli laskenut kätensä taiteilijan kädelle. Mies tunsi käden lämmön ja suonen kiihkeän sykinnän. Alhaalta kuuluva keskustelu oli tyrmistyttänyt heidät. He eivät oikein tajunneet, mistä lopullisesti oli kysymys, mutta he vaistosivat, etteivät dosentti ja maisteri olleet pelkkiä tieteellisiä tutkijoita.

Mitä miehet tekivät alhaalla?

Tyttö ja mies eivät uskaltaneet äännähtääkään, mutta Joel kysyi katseellaan ja saamatta selvää vastausta hän sittenkin lähti tiedustelemaan. Tornihuoneen palkit olivat lujat. Ne eivät narahtaneet. Hän pääsi avoimelle ovelle ja tornikäytävään. Hän laskeutui hiipien muutamia askelmia tytön tuijottaessa hänen jälkeensä, liikkumattomana ja jännittyneenä, silmiensä loistaessa.

Joel Ervola laskeutui kunnes hän kaiteen yli kumartuen pääsi vilkaisemaan arkistohuoneeseen. Ovi oli avoinna. Hän näki muutamia puisia ruuvipuristimia, liisteriastian, liimasiveltimen, papereita ja — arkistoon kuuluvia sidottuja kirjoja lattialla. Miesten sanat ja näky... hän käsitti, hän käsitti kaiken... pääpiirteissään... kyseessä olivat kirkonkirjojen väärentäjät... valetutkijat... nähtävästi suku- ja perintöhuijarit... jotka koettivat nyt sijoittaa väärentämänsä kirkonkirjalehdet oikeitten tilalle, sitoa kirjat uudelleen ja sekoittaa oikeat ja väärät merkinnät.

Dosentti ja maisteri! Olivatko he lainkaan ne, joina he olivat esiintyneet?

Samassa kuului sarja kuivia napsahduksia käytävässä arkistohuoneen oven edustalla. Kasa piirustuskyniä oli luiskahtanut taiteilijan rintataskusta.

Joel Ervola jäykistyi paikalleen. Käytävä oli pimeä, mutta hän näki arkistohuoneeseen. Maisteri Behrens oli noussut kumartuneesta asennostaan. Hänen silmänsä olivat laajenneet. Punaiset, lihavat posket kaipailivat ja suu vetäytyi raivokkaaseen, epätoivoiseen irviin paljastaen rivin rottamaisia hampaita. Ylhäältä tulevassa valonkajastuksessa hän oli nähnyt, että käytävässä oli joku kolmas, hän oli arvannut, kuka se oli ja ajatustakin nopeammin hänen kätensä teki liikkeen taaksepäin, ojentui eteen, sen edessä näkyi pieni sinertävä viiva ja tornin täytti laukauksen terävä, tempaiseva ääni. Kuuma sipaisu tuntui Ervolan oikeassa olkapäässä. Maisteri Behrens oli hetkeäkään epäröimättä ampunut. Miehet olivat siis valmiit murhaan. Kysymys oli kuolemasta ja elämästä. Ja vaistomaisesti, ajattelematta todellista hyötyä ja muistaen vain Tuulikin, taiteilija teki kohtalokkaan virheen: hän syöksyi ylös tornihuoneeseen, läimäytti oven kiinni ja työnsi sen eteen vanhan, jykevän salvan samalla kuin alhaallaolijat ryntäsivät käytävään ja ylös.

Tyttö ja taiteilija olivat ansassa, tosin turvassa salvan takana, mutta sisäänsuljettuina. Ainoa tie oli ikkuna ja se oli monia kymmeniä metrejä korkealla. Sen alla oli sileä seinä.

Tämän kaiken taiteilija hämärästi käsitti ennenkuin hän oli ehtinyt sanallakaan selittää tilannetta kalpealle, mutta itsensä hillinneelle tytölle. He olivat kammottavassa hengenvaarassa, josta hänen aavistuksensa häntä koko illan oli varoittanut hänen sitä ymmärtämättä.

Ovea vasten rynnättiin, siihen iskettiin, mutta sekä ovi että salpa kesti. Tuli hetken hiljaisuus.

Sen rikkoi tytön äänekäs nyyhkytys ja katkonainen huudahdus:

— Te... Joel... oletteko haavoitettu!

Lattialle oli tipahtanut muutamia veripisaroita. Ervola koetti olkapäätään. Hän ei tuntenut mainittavaa kipua, vaan pientä kirvelyä, mutta kokemus oli niin outo, että häntä hetkisen verran huimasi.

Oveen jyskytettiin ja dosentti Högstedtin ääni kysyi suhteellisen levollisesti:

— Oletteko siellä... neiti Rantala? Ja herra Ervola?

Tyttö vilkaisi mieheen. He eivät kumpikaan vastanneet hetkeen. Kumpikin pelkäsi ääntään. Taiteilija henkäsi syvään ja vastasi yksinkertaisesti:

— Olemme. Entä sitten?

Dosentti Högstedt koetti naurahtaa.

— Ei muuta kuin pyydämme anteeksi! Tulimme työskentelemään ja taiteilija pelästytti maisterin niin pahanpäiväisesti, että maisteri ampui! Tulkaa toki pois! Avatkaa ovi! Maisteri on niin häpeissään, ettei uskalla äännähtääkään.

Puhutellut olivat vaiti. Dosentin sanat olivat niin peräti uskottavat. Oli vaikeaa, mahdotonta, mieletöntä kuvitella, että oven takana olisi ollut kaksi miestä, jotka juuri äsken olivat valmiit tappamaan kolmannen. Sekä tyttö että taiteilija miettivät. Mutta sitten Ervola virkkoi kevyesti:

— Aivan niin, luonnollisesti. Mutta neiti Rantala on järkkynyt. Hän ei uskalla. Vasta sitten kun herrat ovat poistuneet tornista ja me näemme teidän lähteneen järvelle, neiti uskaltaa poistua täältä.

Se oli silmukka, josta ei voinut kiemurrella. Oli hetken ihan äänetöntä. Sitten äkkiä maisteri Behrens puhkesi niin kammottavaan herjaustulvaan, että tyttö sisällä vapisi, ei pelosta, vaan inhosta. He tiesivät nyt kohtalonsa. He olivat sellaiset todistajat, että heidät oli raivattava tieltä.

Maisteri Behrens raivosi.

— Olkoot. Teemme työmme loppuun ja kärvennämme koko rakennuksen ja rakastavan parin sen mukana. Onhan meillä alibi, me voimme todistaa olleemme muualla. Järjestämme niin, että kirjat sopivasti pelastuvat. Ja syy kirkonpaloon ja kaksoiskuolemaan on selvä ja romanttinen: onneton rakkaus.

Ja ovi salvattiin myös ulkoa. Uhatut seisoivat lähellä toisiaan. Tyttö oli jäykistynyt. Sitten hän hiukan liikahti, horjahti ja taipui taiteilijan puoleen.

— Oi Joel, miten me pelastumme, tyttö sanoi raukeasti nojaten miehen rintaa vasten. Mies veti hänet puoleensa, kohotti hänen päätään ja suuteli häntä hitaasti ja hellästi. Kaikki tapahtui luonnollisesti ja yksinkertaisesti. Vaara oli pyyhkäissyt kaiken epäoleellisen heidän väliltään, se oli jouduttanut kehitystä ja pakoittamalla pakoittanut heidät turvautumaan toisiinsa.

— Jollakin tavalla, jollakin, Tuulikki, mies vakuutti ja katseli ympärilleen kuin apua hakien tyhjiltä seiniltä.

Hänen piirteensä jäykistyivät. Hän oli muistanut jotakin. Kauhu tarttui häneen, mutta hän voitti sen. Ehkä se oli ainoa mahdollisuus? Oliko heillä aikaa koetella mahdollisuuksia? He olivat täällä kaukana ja korkealla. Kirkko oli yksin vaarallaan. Lähimpään ihmisasuntoon oli matkaa yli kovimmankin ihmisäänen kantaman. Ja nythän oli jo yö. Apua he eivät voineet toivoa muualta...

Täytyi turvautua omaan apuun.

Mies irroitti hellästi tytön itsestään ja johti hänet istumaan vanhaan kirkonpenkkiin. Sitten hän katsoi ikkunasta eikä häntä enää huimannut. Hän muisti ajat, jolloin hän, opintorahoja ansaitakseen, oli ollut tavallisena seinämaalarina, keikkunut huojuvilla rakennustelineillä... Oh, hän pystyi sellaiseen vieläkin.

Seinä alaspäin oli sileä. Sitä pitkin oli toivotonta yrittääkään. Mutta — ylöspäin oli mahdollisuuksia. Torni kapeni siellä. Ja seinämässä oli koristeulkonemia. Hän voisi kiivetä kellotapuliin. Arkistohuoneen ikkuna oli toisella suunnalla. Sieltä häntä ei voitaisi nähdä eikä estää.

Hän ei selittänyt aiettaan tytölle. Hän vain nopeasti riisui kengät jaloistaan ja takin yltään. Sukatkin hän kiskaisi pois.

— Voisitko... uskaltaisitko, Tuulikki... laskeutua köyttä myöten alas? Tytön silmissä leimahti reipas ja rohkea välähdys.

— Köysi? Missä sinulla on köysi? hän tiedusti innokkaasti. — Kyllä minä uskallan ja osaan, vaikka mitä... nyt... kun sinä...

Mies silitti hellästi hänen päätään. Hän ei tahtonut selittää eikä pelästyttää.

— Minä haen köyden, hän vain sanoi yksinkertaisesti. — Se ei ole vaikeaa. Minä kyllä osaan. Ole vain ihan hiljaa, ihan!

Tyttö nyökäytti päätään ja Ervola kiipesi ikkunalle. Vaivoin tyttö pidätti huudahduksen, mutta hän sai sen tukahdetuksi hiljaiseksi nyyhkytykseksi. Nyt hän vasta ymmärsi.

Ervola oli valehdellut tytölle: hänen yrityksensä oli hyvin vaikea. Eikä hän varmasti tiennyt osaavansa. Mutta hän uskalsi. Hän laskeutui ikkunan alaiselle kapealle ulkonevalle reunustukselle ja painautui tornia vasten.

Kauhu — hirvittävä, lamauttava, voimat riistävä kauhu valtasi hänet. Hän syleili tornin rosoista pintaa, hänen sormensa murentelivat sen kalkkilaastia, hänen varpaansa koettivat imeytyä pohjaansa ja koko ajan hänestä tuntui niinkuin torni kaatuisi häneen päin ja pudottaisi hänet alas... huimaavaan syvyyteen... hän tunsikin jo putoavansa, irtautuvansa tornin syleilystä...

Eikä hän kuitenkaan pudonnut. Hän voitti kauhun. Torni ei liikkunut. Tuuli hyväili hänen poskiaan. Hänen sormensa iskeytyivät, ne imeytyivät lujasti rosoiseen harmaaseen pintaan. Hän nosti jalkaansa. Se totteli.

Hän katsoi ylös ja haki tukikohtaa.

Hänellä oli matkaa noin kaksi metriä.

Mutta hän näki, että vain noin metri olisi vaikeaa. Loppu olisi jo helpompaa. Ulkonemat ylhäällä olivat sellaiset, että ne vastasivat portaita.

Aikaa hän ei enää tajunnut ollenkaan. Hän vain kiipesi... äärettömän hitaasti, äärettömän varovasti kauhun puristaessa häntä hetkittäin ja taas laueten. Mutta hän kiipesi... hän nousi ylöspäin, hän muutteli jalkojaan, hän muutteli käsiään, hänen ruumiinsa hankasi tornin pintaa... ja sitten, ennenkuin hän oikein huomasikaan, hän oli kellotapulin aukon vieressä, hän sai tartutuksi sisäreunaan, hän veti itsensä ikkunalle ja jäi makaamaan, kädet lattiaa tapaillen, jalat ulkona...

Hän oli voittanut... oman kauhunsa... eikä hän olisi voinut uskoa, jos olisi tiennyt, että matka oli kestänyt kaksi minuuttia. Hänestä aika tuntui mittaamattomalta. Nuo hetket hän aina muistaisi ja joskus, ehkä monasti, hän heräisi painajaisuneen, sellaiseen, jossa ääretön, rosoinen torni oli kaatumassa häneen päin ja pudottamassa hänet pohjattomaan syvyyteen.

Hän laskeutui lattialle, lievästi väristen. Mutta hänellä oli kiire. Täällä oli köyttä, vahvaa, paksua köyttä kirkonkelloja varten, jotta ne tulipalon sattuessa voitaisiin pelastaa. Hän alkoi laskea köyttä alas, hitaasti, kuulostellen, varoen tuulen suhinaakin alhaalla ja sen henkäilyä tornissa. Kuin tumma käärme köysi solui ikkunasta tornin kuvetta pitkin maahan... Tuulikin editse. Nyt köysi tapasi jo maan. Hän kiinnitti toisen pään tukevasti kellonkannatinhirteen. Sitten hän nykäsi köyttä antaen näin Tuulikille merkin... Notkea olento ilmestyi alhaalla ikkunalle, köysi jännittyi ja hitaasti Tuulikki lähti laskeutumaan... He pelastuisivat... he pelastuisivat...

* * *

Kuinka nopeasti kaikki olikin käynyt! Hengästyneinä, pakottavin käsivarsin, vaatteet tornin rosopinnan repiminä, rystyset verillä Joel ja Tuulikki seisoivat tornin juurella.

— Mene kirkkopuistoon! Joel käski hiipien itse tornin ovelle. Se oli auki ja hän hiipi edelleen. Ja kauhu, joka lähenteli kammoa, valtasi kirkonhäpäisijät ja paha-aikeiset tutkijat, kun he kuulivat alhaalta tornista kovan, käskevän huudon:

— Poistukaa, paetkaa, jos aiotte pelastua ja varokaa tulta! Se polttaa teidät itsenne, jos vain yritättekin!

He tunsivat äänen, siitä ei voinut erehtyä. Mutta heillä ei ollut aikaa ajatella, miten heidän uhrinsa olivat pelastuneet, he seisoivat lamautuneina, kunnes mieletön pelko sai heidät suinpäin ryntäämään tornikamarista. He eivät katsoneet taakseen eivätkä sivuilleen, he kiitivät pitkin tietä, mutta itsekään he eivät tienneet, minne heidän pakonsa johtaisi. Joel Ervola antoi heidän mennä. Hän tiesi, etteivät he pääsisi lakia pakoon. Itse hän reippain askelin riensi kirkkopuistoon, joka lepäsi kevätyön kuulaassa hämärässä kiehtovana kuin satujen metsä.

Pietari Hannuksen nerokkain hetki

Pietari Hannus tunsi outoa, levotonta jännitystä. Hän oli melkein liikutettu niinkuin useimmat muutkin tuossa suuressa, innostuneessa kansalaiskokouksessa, joka välittömän rohkeasti keskusteli ja pohti ajan ja aikalaisten pahuutta sekä esitteli keinoja olojen parantamiseksi. Välittömyys, rohkeus, vankka, tinkimätön vakaumuksellisuus oli kokouksen pääsävynä, kokouksen, joka pidettiin sirkuksen suuressa rakennuksessa ja johon otti osaa tuhansia ihmisiä, köyhiä ja rikkaita, nuoria ja vanhoja, oppineita ja oppimattomia.

Puhe oli seurannut puhetta, esitys esitystä, suosionosoitukset, hyväksymishuudot, vastaväitteet saivat huimaavan korkean salin kaikumaan ja väkijoukon suuruus, sen into, sen lämpö vaikutti huumaavasti jokaiseen yksityiseen osanottajaan. Joukkosuggestio vaikutti näkymättömällä, valtavalla voimallaan, vaikutti tällä kertaa hyvään, jaloon ja parantavaan suuntaan.

Ja jollakin tavoin se vaikutti myös Pietari Hannukseen hänen seisoessaan lähellä areenan keskelle pystytettyä puhujalavaa. Hän tunsi outoa, levotonta jännitystä, kuten jo sanottu, ja kiihkein, arvostelevin ja hyväksyvin ilmein hän katseli tuhantista väkijoukkoa.

Kuinka monella eri tavalla voidaankin tarkastella suurta, aina vaikuttavaa ja tehoavaa kansanjoukkoa! Poliitikko suhtautuu siihen omalla tavallaan, lääkäri omallaan, sosiologi löytää aivan erikoiset puolet siitä, muotiräätäli toiset.

Pietari Hannus tarkasteli väkijoukkoa niinikään omasta, persoonallisesta ja jotenkin erikoisesta näkökulmastaan. Pietari Hannus oli nimittäin ammatillinen taskuvaras ja hän suhtautui väkijoukkoon kokonaan ammattinsa kannalta. Hänen tuntemansa liikutus ja jännitys ei niin muodoin aiheutunut yleisinhimillisistä, vaan ahtaasti ammatillisista seikoista.

Hän tunsi olevansa saaliin keskellä, suuren, rikkaan saaliin, joka oli ärsyttävän lähellä, mutta sittenkin kaukana. Pietari Hannus piti väenkokouksista, hän oli ollut niissä paljon, jalkapallokilpailuissa, mielenosoituksissa, valtamerilaivojen vastaanotoissa, sirkuksissa ja muissa huvipaikoissa, ja hän oli havainnut ne hyviksi ansiotilaisuuksiksi. Mutta tämä kokous, tämä väenpaljous, jossa oli paljon, paljon yhteiskunnan huippuja, tämä kokous oli tuottanut hänelle pettymyksen. Hän ei osannut eikä voinut lähestyä täällä ihmisiä ammattinsa vaatimalla tavalla. Ihmisten mielet olivat avoinna, mutta heidän taskunsa olivat suljetut ja takit napitetut. Muuan kello, joka varmasti oli vain nikkelinen, ja naisen laiha käsilaukku olivat hänen ainoa tähänastinen saaliinsa. Hän tunsi pettymystä, mutta hän tunsi myös kiihkoa. Saalis oli hänen ympärillään. Vaan hänestä itsestään aiheutui, hänen taitamattomuudestaan, ettei hän saanut sitä käsiinsä.

Mutta mitä hän saattoi tehdä? Täällä ei voinut vapaasti liikuskella. Hän oli tunkeutunut etupaikoille ja nyt hänen oli oltava siinä missä oli. Hänen vierellään oli kaksi työmiestä, joilla ei varmasti ollut mitään. Hänen edessään oli lihava herra, paltto yllään. Hannus oli jo aikoja sitten tutkinut hänen palttonsa taskut. Ne olivat tyhjät. Paltto oli napitettu. Hän ei voinut päästä pitemmälle. Hänen oli odotettava ja kärsittävä.

Suuret, häikäisevät kaarilamput valaisivat sirkuksen pyöreän katsomon, joka oli täynnä väkeä. Hengityksen huurut nousivat viileään ilmaan ja areenan hiekka ja sahajauhot, ihmisten hengitys, vaatteet ja ulkoa käypä ilmavirta loivat tuoksujen yhtymän, joka tympäisi ja kiihoitti. Ilmassa ja ihmisissä oli hyvän ja oikean kiihkoa, joukko oli purkautumassa tekoihin, suuriin ja kantaviin, se oli räjähtämäisillään puheista ja sanoista, mutta jotakin vielä puuttui, viimeistä sysäystä, joka joukon lopullisesti valloittaisi. Pietari Hannus vaistosi sen, hän tunsi joukot ja hän osasi niitä käsitellä. Oli ollut aika, jolloin hän oli ollut markkinamyyjänä, helppoheikkinä, ja toinen, jolloin hän ansaitsi leipänsä maallikkosaarnaajana.

Pietari Hannus itse ei kuitenkaan ollut joutumassa yleisen suggestion alaiseksi. Hänen ammattinsa oli liian realistinen myöntääkseen sellaista. Päinvastoin, ammatin aiheuttamaa jännitystä lukuunottamatta Pietari Hannus tunsi voivansa ajatella ja laskelmoida tavallista kylmemmin.

Hän vilkaisi pukuunsa. Hän oli siihen tyytyväinen. Hän muistutti puvultaan köyhää, mutta kunniallista perheenisää. Hänen yllään oli kulunut, mutta siisti ja eheä takki, nukkavierut, mutta siistit housut, hänen hattunsa oli vanhamuotinen, mutta käyttökelpoinen, hänen kasvonsa hyväntahtoiset ja rauhalliset ja kainalossa hänellä oli isohko torilaukku, jossa oli muutamia vanhoja sanomalehtiä. Hän oli kuin ostoksille lähtenyt tai työstä palaava perheenisä vanhaan, hyvään malliin.

Puhujat vaihtuivat. Tuomari oli puhunut ensiksi, reippaasti, asiallisesti ja repäisevästä. Lääkärin puhe oli sydämellinen, liikuttavan leikillinen ja mustasilmäinen, kaikuvaääninen pappi puhui hehkuvasti, vetoavasti ja karun järkyttävästi, niin että lukemattomat naiskasvot olivat kyynelissä. Pietari Hannus ei suinkaan laiminlyönyt puheita, ei, hän kuunteli tarkasti, ja hänen proosallinen henkensä havaitsi kaikissa puheissa yhden yhteisen ominaisuuden ja puutteen: yksikään puhuja ei ollut tehnyt mitään selvää käytännöllistä ehdotusta.

— Sanat katoavat ilmaan, Pietari Hannus ajatteli puolueettomasti. Toimintaa, toimintaa! Ei minunkaan ammatissani toivotuksilla pääse mihinkään! Sormien tulee olla ahkerat ja näppärät!

Ja silloin juuri, papin lopetellessa puhettaan hehkuviin, vetoaviin sanoihin, silloin juuri, Pietari Hannuksen katsellessa tuhantista väkijoukkoa häikäisevien kaarilamppujen alla, hän muisti ne puheet, ne sanat ja vetoomukset, joita hän oli käyttänyt markkinoilla, ja hänen päällänsä iski hänen surkean elämänsä nerokkain ajatus, iski hetkessä kirkkaana, lopullisena, valmiina, tarkkana jokaiselta yksityiskohdaltaan. Tuo ajatus valtasi Pietari Hannuksen, hän ei voinut sille mitään, se oli voimakkaampi kuin hän ja hänen arkuutensa ja varovaisuutensa ja Pietari Hannuksen oli taivuttava.

Seuraavassa hetkessä hän jo oli toteuttamassa ajatustaan, suurenmoista ja nerokasta hänen mielestään! Tuhannet ihmiset, joilla kaikilla oli jotakin ja jotka kaikki olivat herkistymäisillään tunteista tekoihin. Oh, tämä oli hänen hetkensä, hänen tilaisuutensa, jota ei enää milloinkaan tulisi!

— Anteeksi, suokaa anteeksi, olkaa hyvä! Pietari Hannus toisteli äänekkäästi ja häikäilemättä pyrkien puhujalavaa kohti. Vaivoin toiset väistyivät, mutta väistyivät, sillä jokin Pietari Hannuksen rauhallisessa, tärkeässä olemuksessa ilmaisi heille, että hänellä oli oikeus tunkeilla ja töykkiä. Pietari Hannus pääsi etenemään ja hän saavutti puhujalavan portaat samalla hetkellä kuin pappi huusi viimeiset, sytyttävät sanansa järkytettyyn katsomoon ja lähti, hikeä otsaltaan pyyhkien, laskeutumaan alas.

Veri suhisi Pietari Hannuksen päässä, hänen silmiään hämärsi ja hänen polvensa tuntuivat heikoilta ja vapisevilta, kun hän lähti nousemaan puhujalavalle. Eikä hänen päässään ollut ainoatakaan selvää, niin, ei edes järjellistä ajatusta. Häntä peloitti, kammotti kuten ensikertalaisnäyttelijää, kuten poliitikkoa, joka aikoo pitää neitsytpuheensa tai laulajatarta, joka ensikonsertissaan ryhtyy aloittamaan aariaa kourantäyteiselle yleisölle ja kylmäkiskoisille arvostelijoille. Mutta hän nousi nuo muutamat askelmat, nousi tarmokkaasti vaikkakin melkein tiedottomasti. Vanhahkon, vähäpätöisen, siististi ja köyhästi puetun miehen olemus ilmestyi puhujalavalle tuhantisen kansajoukon eteen.

Tuli hiljaisuus. Sen aikaansai vastakohtaisuuden ja yllätyksen laki.

45

Hannuksen tapaista miestä ei oltu odotettu. Yleisö ei häntä odottanut eivätkä kokouksen järjestäjätkään odottaneet. Hän oli täydellinen yllätys. Nyt oli kuitenkin niin, kuten useimmiten on laita tällaisissa kansalaiskokouksissa: niiden järjestelystähän ei lopultakaan vastaa eikä ole selvillä kukaan. Ainoakaan johtohenkilö ei ollut ihan varma, etteikö mahdollisesti tuokin mies kuulunut ohjelmaan. Pietari Hannusta ei tullut kukaan estämään.

Ja hän voitti pelkonsa ja arkuutensa. Hänen järkensä kirkastui. Hänen ajatuksensa nerollisuus valtasi hänet uudelleen ja joustavasti ja häikäilemättä hän, vanha ja paatunut pikkurikollinen, ryhtyi toteuttamaan suurinta rikostaan, moraalisesti painavinta. Hänen äänensä, käheä mutta kantava, voimakas ja notkea markkinakaupustelun ajoilta, kuului kaikkialle valtavassa rakennuksessa.

—Hyvät ihmiset! hän aloitti.

Se on hyvä alku, hyvä puhuttelu, se sopi hänen ulkonäköönsä ja vaatetukseensa, se antoi kaikelle uskottavuutta, tuo koruton puhuttelu.

— Hyvät ihmiset! hän toisti. — Me olemme kuulleet täällä kauniita puheita ja totisia puheita. Minä olen liikutettu, minä tällainen vanha ja köyhä perheenisä. Niin, minä en halua puhua perheestäni. En. Mutta minä puhun kuin perheenisä. Meidän on oltava kuin perheenisien. Kun meillä kodeissa jokin menee hullusti, jotakin tarvitaan, jokin on järjestettävä, niin meidän ei sovi vain puhua. Me emme puhumalla saa paljonkaan. Meidän on tehtävä. Ja niinkuin me teemme kodissa, meidän on tehtävä kansalaiselämässäkin. Nyt meille on puhuttu. Hyvä, se riittää. Tehkäämme nyt jotain. Mitä? En tiedä tarkasti, en tiedä kaikkea, mutta yhden minä tiedän. Sen me perheenisät kyllä tiedämme... ja te, hyvät ihmiset, kai arvaatte, mitä...

Hän piti sopivan tauon. Hänen olemuksensa oli vaatimaton, mutta hän esiintyi vapaasti ja rauhallisesti. Hänen arkiset sanansa, hänen arkinen sävynsä ja hänen hiukan tottumattomat liikkeensä vaikuttivat tuhantiseen kansanjoukkoon välittömyydellään. Oli hiljaista ja tarkkaavaista.

Pietari Hannuksen ääni korkeni vetoavaksi ja ratkaisevaksi.

— Niin, kaikkea en tiedä, mutta yhden tiedän. Sitä me tarvitsemme. Kun sitä on, me voimme yhdestä ja toisesta selviytyä. En tiedä. mitä täällä oli tarkoituksena tehdä. Mutta pidän velvollisuutenani muistuttaa siitä asiasta, nyt, heti... Hyvät ihmiset, tue tarvitsemme rahaa. Kootkaamme rahaa, antakaamme ropomme, nyt, heti, ilman komiteoja, ilman keräyksiä, jokainen ja sen mukaan kuin mukana sattuu olemaan. Kas näin!

Hän veti esille mukana olleen torilaukun, avasi sen, vanhanaikaisen, kuluneen vaaterepun ja levitti sen nähtäville.

— Tämä laukku saa olla pankkina, hän esitti vilkkaasti ja vakuuttavasti. — Köyhä minä olen, mutta alun minä panen!

Hän kaivoi kiireesti, hätäilevästi esiin lompakkonsa, etsi sieltä setelin ja pudotti sen laukkuun.

— Siellä on siemen! Se kasvakoon nyt heti! Rahojen käytöstä voidaan aina päättää, kunhan ne on kokoon saatu. Minä jaksan kyllä vanhoillakin jaloillani kerätä sen, mitä hyvät ihmiset antavat!

Huumaavat suosionosoitukset täyttivät rakennuksen. Pietari Hannuksen groteski esiintyminen oli ollut se viimeinen pisara, joka sai maljan vuotamaan yli reunojen. Kansanjoukko oli saatu tunteista tekoihin.

Kokouksen järjestäjätkin tajusivat sen. He olivat kiitollisia mitättömän näköiselle miehelle, joka muutamin yksinkertaisin sanoin oli aikaansaanut sen, jota he eivät kouliintunein taidoin olleet saavuttaneet. He laskivat Pietari Hannuksen vapaasti valtavaan saliin kokoamaan rahaa, rahaa, rahaa...

Seuraavina hetkinä Pietari Hannus kulki kuin unessa, hyvin innostuneessa, asiallisessa ja rahallisessa unessa. Milloinkaan hän ei ollut nähnyt rahaa niin paljon ja niin monella, milloinkaan ei sitä oltu hänelle auliimmin luovutettu. Hän piteli vain auki torilaukkuaan, ojensi sitä kaksin käsin ja sen syvyyksiin lenteli rahaa, seteleitä, kaikenkokoisia, kaikennäköisiä, uusia ja rypistyneitä ja likaisia ja rikkinäisiä, lenteli yksitellen ja kääröinä, lenteli metallirahaa. Sadat, tuhannet kädet ojentuivat häntä kohti ja toiset sadat avuliaasti välittivät rahan hänen laukkuunsa. Hänen itsensä oli mahdoton ehtiä ja päästä jokaisen luo.

Kokouksen meno häiriytyi, mutta juhlanjärjestäjät eivät olleet epätoivoissaan. Tuntemattoman miehen ponteva esiintyminen ylitti rohkeimmatkin odotukset. Keräys tuottaisi sen, mitä työn aloittaminen vaatisi...

Pietari Hannus kulki eteenpäin ja hänen laukkunsa pullistui ja raskautui. Tuhannet luovuttivat antinsa, innostus, valtava suggestio oli vallannut kaikki, kukaan ei ollut saituri, ja hyväsydämiset olivat tuhlareita ja tuhlarit mielettömiä. Suuria, suuriakin seteleitä tipahteli laukkuun, muita runsaasti ja metallirahan kilinä ei hetkeksikään tauonnut. Kansanjoukko humaltui omasta anteliaisuudestaan, se tunsi itsensä jaloksi ja hyväksi ja koetti voittaa itsensä... Tuhannet, kymmenet tuhannet keräytyivät Pietari Hannuksen laukkuun...

Hän kulki pitkin toista pääkäytävää hitaasti ylöspäin ja ulommaisia penkkirivejä kohti. Ihmisjoukko, pääkäytävällä seisova, jakautui kahtia jättäen hänelle kapean, kunnioittavan kulkuväylän. Raha virtasi laukkuun, suureen, vanhanaikaiseen torireppuun, jota Pietari Hannus kaksin käsin kannatteli edessään...

Pietari Hannus tunsi ylpeyttä, hän tunsi voitonylpeyttä ja riemua omasta nerostaan, omasta taidostaan, omasta ennenkuulumattomasta onnestaan ja rohkeudestaan, jollaista hän ei ollut luullut itsellään olevankaan. Hän, Pietari Hannus, hän niittäisi sieltä, minne muut olivat kylväneet, koko tuo valtava kokous olisi järjestetty vain häntä varten, syvä innostus hyödyttäisi vain häntä. Hän ylpeili rikoksestaan ja hänen muotonsa oli niin riemukas, että se tehosi yleisöön. Laukku alkoi muuttua huolestuttavan raskaaksi...

Pietari Hannus kulki ulommaisten penkkirivien taitse. Hän oli jännityksessä, nyt vasta, mutta hän oli kuitenkin kylmä ja laskeva. Hän kokosi rahaa...

Kapeahko sivukäytävä johti ravintolapuolelle. Kumartaen Pietari Hannus hävisi sinne. Hän kokoaisi ravintolassa, lähellä ollut yleisö arveli. Hän saisi sieltäkin...

Mutta Pietari Hannus ei halunnut ahnehtia, ei. Hän laskeutui nopeasti vaikka tasaisesti ulos kadulle käytävää pitkin, joka johti sinne ravintolan eteisestä. Hänen laukkunsa oli nyt suljettu eikä kukaan, joka hänet näki, tiennyt eikä osannut arvata hänen laukkunsa sisältöä.

Pietari Hannus oli koonnut suurenmoisen, ennenkuulumattoman kolehdin — itselleen. Hän oli julkeasti, häikäilemättömästi pitänyt valtavaa kokousta pilkkanaan, petkuttanut tuhansia ihmisiä lyhyessä hetkessä, kyninyt taskut, jotka olivat muitten olleet suljetut ja saavuttamattomat. Ja hän poistuisi saaliineen ennenkuin kukaan osaisi häntä kaivatakaan. Nyt hän oli ulkona, valaistulla aukiolla, kosteassa, raikkaassa ilmassa, joka virkisti häntä hikisen tungoksen jälkeen. Ja hänellä oli rahaa koko laukullinen.

ja lauta-aidan takana oli katu ja tuntemattomuus. Pietari Hannus kiiruhti kapean portin kautta. Kuului vain hiljainen, ratiseva ääni hänen rientäessään, jokin nykäsi laukkua ja seuraavassa hetkessä laukun sisältö, setelit ja metallirahat tulvahtivat maahan, kadulle ja portin pieleen. Vanha, kulunut torilaukku oli tarttunut portissa törröttävään naulaan, Pietari Hannus oli nykäissyt laukkua ja naula oli repäissyt laukun kyljen auki... Tuhannet, kymmenet tuhannet olivat nyt hajallaan maassa... hiljainen tuuli kahisutti seteleitä, jotka liikahtelivat, lyhtyjen valo loisti metallirahoissa...

Pietari Hannus tunsi olevansa myyty mies... hetkisen ajan hän aikoi paeta, jättää kaikki ja kadota valaistulle kadulle, jossa hän seuraavassa kadunkulmassa jo olisi ollut melkein saavuttamattomissa... Mutta hän ei voinut, raha vangitsi hänet... hän kumartui kokoamaan aarretta... Muuan poliisi tuli paikalle ja huudahtaen hämmästyksestä ryhtyi häntä auttamaan. Pietari Hannus kokosi rahaa torilaukun eheälle puolelle... hän ei välittänyt metallista, hän kokosi seteleitä...

Hänellä oli kiire, kiire... Hän mutisi jotain poliisille, jotain kolehdista ja keräyksestä ja hyvistä asioista ja he molemmat poimivat ahkerasti, portin pielessä ja kadulla. Uskomattoman nopeasti toimivat Pietari Hannuksen sormet... Nyt, nyt oli jo melkein kaikki koottu...

Silloin tuli takaapäin väkeä... Pietari Hannus ojentui ja hän tunsi puhujia, tunsi lääkärin ja tuomarin ja papin...Ja hän tunsi seuraavassa hetkessä olevansa paljastettu...

— Mi... minä aioin viedä ne pankkiin, hän koetti sopertaa uskomatta hetkeäkään, että hänen puheeseensa luotettaisiin. Mutta juuri tuo uskomaton tapahtui: herrat naurahtivat hyväntahtoisesti.

— Mutta, hyvämies, he sanoivat, eiväthän pankit nyt ole auki. Toimikunta ottaa varat haltuunsa. Mikä on nimenne, ystäväni? Tahdomme kiittää teitä ja tehdä jotakin puolestanne!

Pietari Hannus seisoi hetken typertyneenä. Hänen neronsa yritys oli kyllä kärsinyt haaksirikon, mutta hänen onnensa ei ollut jättänyt häntä. Hän ei paljastuisikaan siis. Sopertaen hän sanoi nimensä. Sellaisen nimen, jonka sattui keksimään. Muuan sanomalehtimies tunkeutui häntä haastattelemaan. Pietari Hannus aavisti, että hänen suurin rikoksensa jäisi paljastumatta, että se toisi hänelle kunniaa, että se vaikeuttaisi hänen entistä ammattiaan, mutta hänen oli taivuttava...

— Perheenikö? hän vastasi vältellen sanomalehtimiehelle. — Siitä en halua mitään kertoa.

Niin oli parempi. Olematon perhe on epämukava, milloin sitä pitää ryhtyä kuvailemaan.

* * *

Pietari Hannuksen suurin, julkein rikos ei paljastunut. Mutta se muutti hänen elämänsä suunnan. Hän tuli hetkeksi kuuluisaksi ja tuo kuuluisuus hankki hänelle viran. Pietari Hannus elää nykyisin rehellisesti ja kunniallisesti suuren yhdistystalon vahtimestarina. Hän ei vain voi mitään sille, että joskus, hänen auttaessaan palttoa jonkun herran ylle, hänen sormensa vanhasta tottumuksesta yrittävät pujahtaa taskuihin.

Mutta Pietari Hannus kasvattaa sormiaan kuriin ja nuhteeseen.

Viehättävä potilas

— En luule sen olevan mitään vaarallista, mutta... hyvin kiusallista se on. Niin, Irma... vaimoni... näpistelee, toisinaan ja melkein aina mitätöntä ja arvotonta. On mahdollista, että hän on kehittymässä kleptomaniksi, ja niin kuin itse ymmärrätte, herra tohtori, se on todella sietämätöntä. Siksi haluaisin, että tutkisitte häntä ja antaisitte lausuntonne. Tehän olette alallanne kuuluisuus.

Tohtori Joel Teitto kumarsi ja hymyili heikosti.

— Oh, te liioittelette, herra Sandö. Olen kyllä hermotautien tutkija, mutta tuskinpa mikään erikoinen kuuluisuus, ja mitä kleptomaniaan tulee, on tämä oikeastaan ensimmäinen tapaukseni. Hysteriaa, henkistä tylsyyttä, vainoamismaniaa, sellaisista minulla on kyllä kokemusta, mutta varastelutaudista vain teoreettiset tiedot.

Tilanomistaja Alfred Sandö, joka istui tunnetun erikoislääkärin vastaanottohuoneessa, hymyili hänkin, tyynesti ja hillitysti.

— Olette vaatimaton, herra tohtori. Mutta se siitä! Otaksun, että suostutte tutustumaan vaimooni ja tutkimaan hänet. Mutta... sen täytyisi tapahtua varovaisesti. Vaimoni ei aavista mitään, ja hän pelästyisi, jos puhuisin hänelle jotakin lääkäristä. Hän on ruumiillisesti mitä tervein. Sen perusteella ei aavistaisi mitään. Mutta olen nähnyt. Niin, jos saan ehdottaa, niin olisi ehkä parasta, että tulisimme luoksenne kuin... kuin vieraisilla. Esitän teidät vanhana ystävänäni ja jos... jos voin niin paljon vaivata, pyytäisin, että vastaanottaisitte meidät yksityispuolellanne. Kaikki menisi siten aivan luontevasti ja huomaamatta. Sanoisin kyllä, että te olette lääkäri ja puhuisin Irman hermostumisesta, josta jo olen hänelle puhunutkin, mutta en enempää. Voisimme jättää hänet joiksikin hetkiksi yksinäänkin. Hän... hän luultavasti silloin paljastaisi itsensä...

Herra Sandön ääni ikään kuin katkesi. Epäilemättä hänen oli vaikea puhua tästä arkaluontoisesta perhesalaisuudesta. Tohtori Teitto katsoi nuorehkoa, komeata miestä osanottoa tuntien. Niin, miehellä oli epäilemättä ulkonaista onnea, hän oli nuori, rikas ja terve, hänen vaimonsa oli epäilemättä viehättävä ja kuitenkin... Tohtori hyväksyi täydellisesti hänen esityksensä.

Herra Sandö kiitti ilmeisen huojentuneena.

— Kiitän vilpittömästi. Ja nyt vielä pari seikkaa. Jos teille sopii, tulemme vielä tänään, viimeistään tunnin kuluessa. Noudan vain vaimoni Suurhotellista, jossa nyt asumme. Ja sitten: suorittaisin mieluimmin palkkionne nyt. Se saattaisi käydä vaikeaksi Irman läsnäollessa.

Herra Sandö nousi ja otti esille hienon, ohutnahkaisen lompakon, jonka huoliteltu asu antoi aavistuksen vielä huolitellummasta sisällöstä. Tohtori epäröi hetken.

— En ole tottunut tällaiseen maksutapaan, ja toiseksi, vaikka en ole rikas, en pidä maksua pääasiana. Mutta kun kerran niin haluatte, mukaudun.

Hän mainitsi summan ja hra Sandö laski pöydälle setelit levollisin, naisellisin sormin, jotka vaikuttivat sekä lujilta että herkiltä. Tohtori otti ne vastaan ja siirsi työpöytänsä sivulaatikkoon. Herra Sandö hyvästeli.

— Erittäin korrekti mies, tohtori Teitto tuumiskeli itsekseen vieraan mentyä, mutta...mutta hänessä on jotakin, josta en pidä. Mutta eihän minun ole pakkokaan pitää, hän sitten hymähtäen lisäsi.

* * *

Rouva Irma Sandö oli ilmestys, yllättävä ja valloittava ilmestys ja totisesti, ellei tohtori olisi tiennyt, mikä häntä vaivasi, hän olisi ollut viimeinen epäilemään nuorta rouvaa pienimmästäkään taudista. Irma Sandö oli nuori, hyvin nuori, ja raikkaan, hohtavan terve. Hänestä suorastaan säteili viehkeää, ehkä hiukan lapsellista reippaatta ja suloa, eikä tohtori Teiton suinkaan tarvinnut pakottautua näyttelemään »vanhan ystävän» ihastusta. Tosiaankin, herra Sandöllä oli makua ja onnea. Eipä silti, hän oli kyllä myös kaunis mies, vaikkakin hiukan imelään tapaan. Mutta rouva! Hän oli niinkuin tohtori sanoi itsekseen, ilmestys sametinpehmeine, avoimesti katsovine silmineen, helkkyvine nauruineen ja vielä vähän kulmikkaille liikkeineen. Silmät, silmät! Ne varsinkin. Tohtori piti itseään todella ihmistuntijana, sehän oli hänen ammattinsa ensimäinen edellytys, ja sen mukaisesti hän oli valmis vakuuttamaan, että mikäli rouva sairasti kleptomaniaa, tuo tauti, tuo sielullinen häiriö, oli tosiaankin täydelleen alitajunnallinen.

Ja rouva Sandö tervehti tohtoria, Alfredin »vanhaa ystävää», niin välittömän lämpimästi, että tälle teki pahaa hänen osansa kaksinaisuus. Tuo lapsonen ei siis aavistanut mitään!

Kevätpäivän häikäisevä valo, joka vielä iltapäivälläkin oli voimakas, siivilöity! hillittynä tohtorin poikamiesasunnon aistikkaaseen olohuoneeseen raskaitten, kermanväristen verhojen läpi. Huoneessa oli miellyttävän viileätä ja nautinnosta huokaisten rouva Sandö nojautui taaksepäin mukavassa lepotuolissa.

— Ah, te olette lääkäri! Se mahtaa olla kiinnostavaa. Ja Alfred, niin... hän ei ole mitään... Mutta niin on ehkä parasta ... hänellä on aikaa... minuakin varten.

Ja rouva Sandö loi mieheensä rakastuneen, avoimesti rakastuneen silmäyksen, joka sai korrektin herran melkein punastumaan ja hymyili tohtorille anteeksipyytävästi, niin että helmenvalkoiset hampaat hohtivat mitä viehättävinten huulien takaa. Muutamassa minuutissa rouva Sandö oli valloittanut tohtorin, muutamalla merkityksettömällä lauseella, hopealta helähtävällä naurahduksella ja taivaallisella hymyllä. Tohtorin potilaspiiri ei ollut yleensä niin viehättävää.

Mutta sittenkin tohtori muisti olevansa lääkäri ja seuraavan neljännestunnin aikana hän tarkkaili kiinteästi viehättävää vierastaan, koettaen keksiä hänessä joitakin sielullisen häiriön ulkonaisia merkkejä. Hänen ponnistuksensa olivat melko tuloksettomat ja hänen täytyi myöntää, että tapaus oli ilmeisesti vaikea, jos kohta sitä kiitollisempi.

Ke puhelivat keveästi ja vilkkaasti. Jokainen osasi keskustella, ja kun herra Sandö, hienotunteisuudesta vaimoaan kohtaan, karttoi »vanhojen muistojen» verestämistä, ei mitään takertelua sattunut. Sitten herra Sandö, luoden salavihkaisen, merkitsevän katseen tohtoriin, vilkaisi kelloonsa.

— Suottehan anteeksi, jos hetkiseksi jätän teidät kahdenkesken. Luvallasi, Joel, käytän puhelintasi. Minulla on muutamia asioita. Sehän lienee työhuoneessasi.

Hänen sinuttelunsa oli mitä luontevinta ja keveästi kumartaen hän poistui huoneesta. Tohtori ihaili salaisesti hänen näyttelemistään. Ja hän tuntui perehtyneen huoneistoonkin muutaman minuutin aikana.

Tohtori jäi kahdenkesken kauniin potilaansa kanssa. Hän käsitti, että rouva oli nyt jätettävä yksin... jotta hän paljastaisi itsensä. Tohtori nousi ja kumarsi juhlallisesti.

— Minunkin on pyydettävä lupaa poistumiseen. Asia on nimittäin siten, että palvelijani on ulkona... ja siksi, siksi minun on huolehdittava virvokkeista. Täällä on ehkä jotakin, hän viittasi kädellään seinille ja hyllyille, joka voi teitä kiinnostaa muutaman hetken, vanhoja kuparipiirroksia ja ei aivan arvottomia tauluja.

Rouva Sandö naurahti ilkamoivasti.

— Vanhapoika on aina kaltaisensa. Seuratkaa Alfredin esimerkkiä.

Tohtori huokasi, ei aivan teennäisesti.

— Kaikilla ei ole hänen onneaan.

Hän poistui ruokasaliin, katsahti valmiiseen virvoketarjottimeen ja kiersi sitten hiljaa makuuhuoneeseensa. Ovi olohuoneeseen oli auki ja oviverhot tarjosivat suojaa, jonka takana saattoi vakoilla, tulematta itse nähdyksi.

Vakoilla! Se oli rumaa ja alhaista ja tuntui sellaiselta sittenkin, vaikka tohtori tiesi kaiken tarkoituksen. Rouva Sandö oli niin enkelimäinen ilmestys, ettei häntä olisi saanut vakoilla minkään syyn nojalla.

Ja kuitenkin... tohtori vavahti... hänen miehensä oli oikeassa. Rouva Sandö ei ollut terve. Hän istui edelleen lepotuolissa, mutta hänen katseeseensa oli tullut jotakin tuijottavaa ja elotonta. Silmät tuntuivat laajenneen ja suu aukeni raolleen. Hän hengitti raskaasti. Ja nyt... hän nousi kuin unessa, jäykkänä, konemaisesti... Hän seisoi hetkisen paikallaan ja hiipi sitten nopeasti ja äänettömästi muutaman koristehyllyn luo. Tohtori ähkäisi... rouva Sandö oli ottanut kalliin hopeaveistoksen, ja uskomattoman nopeasti hän piiloitta sen suureen käsilaukkuunsa. Ja nyt toinen esine... vanha, pieni kuparipiirros, jonka arvo oli suurempi kuin sen paino kullassa... Ja kolmas... Tosiaankin, rouvan tauti oli sekä kiusallinen että — vaarallinen. Hän anasti mitätöntä, oli hänen miehensä sanonut. Niin, ehkä, mutta tohtorin koruissa ei ollut arvottomia... Tähänastinen »anastus» oli rahallisestikin huomattava, sillä vaikka tohtori ei ollut rikas, hän silti oli vakavarainen, eikä hän kitsastellut hankkiessaan kauniita esineitä.

Nyt rouva palasi tuolin luo. Hänen katseessaan oli jotakin hätäistä. Hän teki sen vaikutuksen, niin kuin hän olisi jostakin nauttinut täyteen tyydytykseen asti. Ja nyt... hänen piirteensä veltostuivat äkkiä, silmät sulkeutuivat hetkiseksi, jäykkyys hävisi hänen jäsenistään ja hiljaa, hyvin hiljaa parahtaen hän vaipui tuolin nojaan. Hän puristi käsillään kasvojaan ja katsoi sitten ympärilleen pelokkain, kysyvin katsein. Hän oli kuin unesta herännyt...

Tohtori seisoi hiljaa. Hän oli ymmällä. Ilmeisesti rouva Sandö oli kleptomani, vieläpä pitkälle kehittynyt. Hän toimi kaikesta päättäen täysin tiedottomasti, osittaista letargiaa muistuttavassa tilassa. Tapaus oli vaikea, mutta... kun otti huomioon, minkälainen rouva muuten oli, mitä kiitollisin. Mutta lausunto... minkälaisen lausunnon hän antaisi? Sitä hän ei voi heti mitenkään antaa, ei mitenkään. Hänen oli ensin ajateltava... kysymys ei ollut tilapäisen päänsäryn parantamisesta. Herra Sandöllä oli liioitellut käsitykset lääkäreistä.

Silloin tohtori äkkiä kuuli kellonsoiton, pitkän, mutta hyvin vaimean. Mutta hän mietti edelleen rouva Sandön tapausta eikä ajatellut tuota soittoa sen enempää. Kas niin, hänhän oli yksin kotona... palvelija oli poissa. Nähtävästi oli ovikello soinut.

Tohtori hiipi ruokasaliin ja sitten eteiseen. Hän avasi ulko-oven, mutta sen takana ei ollut ketään. Tohtori hymähti, mutta hän oli varma siitä, että oli kellonsoiton kuullut. Hän vilkaisi keittiöön ja pysähtyi äkkiä, säpsähtäen melkoisesti.

Pienessä kellotaulussa näkyi ykkönen. Siis tämä palvelijakello oli soinut. Mutta mutta... ykkönen tarkoitti hänen työhuonettaan, joka oli samalla hänen vastaanottohuoneensa. Ja... ja... kellonnappulahan oli sijoitettu hänen työpöytänsä päällyslevyn alle, sivulaatikon kohdalle.

Ja sivulaatikossa hänellä oli tänään melkoinen sumuna rahaa... sairaalan rahoja.

Tohtori Teiton ajatus toimi harvinaisen nopeasti ja hän teki anteeksiantamattoman kiireisiä johtopäätöksiä, niin hänestä tuntui, mutta hän ei voinut sille mitään.

Työhuoneessa oli herra Alfred Sandö. Mitä tekemistä hänellä oli työpöydän ääressä? Miksi hän oli soittanut kelloa? Vai oliko hän soittanut kelloa huomaamattaan? Loppujen lopuksi: herra Sandö oli hänelle täysin tuntematon henkilö. Ja... ja... kleptomania oli hyvin, hyvin harvinainen tauti ja häiriö niissä oloissa ja maassa, jossa he olivat.

Olisiko. . . ?

Mutta hän ei kehittänyt ajatuksiaan pitemmälle. Hän kiiruhti ruokasaliin, otti virvoketarjottimen ja toi sen olohuoneeseen hymyillen anteeksipyytävästi, ja sai palkakseen katseen ja hymyn, joka olisi sulattanut kenen mielen tahansa.

— Näin kauan minä viivyin, mutta nyt on, luulen niin, kaikki kunnossa. Olkaa hyvä!

Sitten hän meni lujin, kaikuvin askelin ruokasalin ovelle ja huusi reippaasti:

— Alfred, sinua kaivataan jo!

Herra Sandö ilmestyi työhuoneen ovelle tasaisena, varmana ja korrektina kuin ennenkin. Hänen silmissään oli jotakin kysyvää ja tohtori nyökäytti kiireesti päätään, —Kyllä, kyllä hän oli nähnyt.

He nauttivat hetkisen virvokkeita kunnes tohtori katsahti kelloonsa.

— Ah, anteeksi taas! Minun olisi soitettava sairaalaan. Vain hetkinen.

Hän poistui työhuoneeseensa mielessään jännitys, jota mikään hänen äänessään, ilmeissään tai käytöksessään ei kuitenkaan paljastanut.

Saavuttuaan pöytänsä luo hän vilkaisi siihen ja ärähti sitten itselleen. Hän oli jättänyt avaimet sivulaatikon suulle, laatikon, jossa hänellä oli rahoja. Mutta ei, tietysti hän oli vain kuvitellut turhia. Hän kiersi avainta ja veti laatikon kuulumattomasti auki.

Rahat olivat poissa

Tohtori oi ryhtynyt järkeilemään. Hän otti puhelinluettelon, etsi tarvitsemansa numeron ja kiersi sen esille numerotaulusta. Syvä, karkea miesääni vastasi ja tohtori puhui nopeasti ja hiljaa, vain muutamia lauseita. Sitten hän sulki puhelimen ja soitti uudelleen — sairaalaan. Hän puhui kuuluvasti ja tarpeettoman kauan, lopetti ja vilkaisi sitten kuvastimesta ilmeitään. Todellakin, hän ei ollut millään tavalla erikoinen ja kuitenkin... hän oli menettänyt tai ainakin menettämässä joltisenkin omaisuuden verran rahoja... vieraita rahoja. Hän tarvitsi nyt malttia ja kylmäverisyyttä.

Kun hän tuli olohuoneeseen, nousi rouva Sandö melkein heti seisomaan.

— Ah, herra tohtori, minä olen todella mieltynyt tähän käyntiini, mutta nyt on minun kiiruhdettava. Me käymme kaupungissa harvoin ja ompelijattareni odottaa. Hän vaatii täsmällisyyttä ja minun on toteltava. Mutta Alfred saa jäädä. Hänellä lienee paljonkin puhumista. En tahdo häiritä. Kiitos ja näkemiin!

Tohtori ei voinut sille mitään, että hetken ajan hänen kasvoillaan oli tyrmistynyt ilme, mutta vain hetken. Tämä oli odottamatonta, tämä poistuminen. Mutta kuinka hän voisi kieltää? Hän joutuisi silloin paljastamaan asiansa ennen aikojaan. Ja hän oli yksin, jo vanhahko mies... ja herra Sandö oli nuori ja voimakas. Hän ci ollut varma, etteikö tämä turvautuisi väkivaltaankin.

Hän hillitsi itsensä ja kumarsi.

— Valitan, mutta en voi estää. Kiitos käynnistänne. Niin, me ehkä vähän juttelemme Alfredin kanssa. Kas niin, tätä tietä.

Hän saattoi rouvaa herra Sandön jäädessä istumaan. Tohtori Teitto ajatteli kuumeisen kiireesti. Hänen oli tehtävä jotakin. Ja hän tekikin, teki sillä tavalla kuin voi, sillä hän oli vieläkin sametinpehmeitten silmien lumoissa. Hän saattoi rouvan ulkoeteiseen asti ja kosketti sitten hänen käsivarttaan.

— Rouva, sanoi hän käheästi, aikaa on hyvin niukalti ja siksi älkää vastustako. Teidät on paljastettu.

Rouva tuntui horjahtavan, mutta hän ei vastannut mitään. Tohtorin sävy oli sellainen, että se ei sietänyt väittelyä. Ja vastustamatta rouva antoi tohtorille käsilaukkunsa, josta tämä noukki rouvan anastamat esineet. Muuta ei laukussa ollut. Tohtori vilkaisi sitten kauniiseen rikolliseen, mutta jo silmäys sanoi hänelle, ettei rouvalla ollut rahoja. Ne olivat melko pieniä seteleitä ja niitä oli siksi paljon, ettei rouva voinut niitä mihinkään kätkeä tiukassa, ruumiinmukaisessa

59

puvussaan. Tohtori otti nopeasti esille lompakkonsa ja sieltä pari seteliä.

— Ehkä teen väärin ja hyödyttömästi, puhui hän rouvaan katsomatta, mutta muutakaan en voi. Kas tässä, ottakaa nämä... Teillä on aikaa noin kymmenen minuuttia. Paetkaa, kadotkaa! Muuta en voi luvata.

Ja tohtori loi kauniiseen, nuoreen rouvaan surkean, hätääntyneen katseen. Rouvan silmät olivat suuret, sametinpehmeät ja kosteat. Mitään sanomatta hän hetkeksi painautui tohtoria vasten ja laski päänsä hänen rinnalleen. Sitten hän otti setelit ja kiiruhti ulos

Tohtori kiiruhti hänen jälestään.

— Tänne, oikealle! hän neuvoi sivuporttia kohden. Rouva seisahtui epäröiden, mutta lähti sitten neuvottuun suuntaan ja katosi näkyvistä. Raskain askelin, mutta tyyntyneenä, tohtori palasi olohuoneeseen, jossa herra Sandö odotti hermostumattomana.

— Näittekö? hän kysyi.

— Kyllä. Näin kaikki. Se oli ihmeellistä. Mutta niin on kuin arvelitte. Tapaus ei ole vaarallinen. Se on parannettavissa.

— Niinkö? Sepä hauskaa! Herra Sandö vilkastui. — Muuten, sivumennen, ottiko hän mitään mukaansa? Saatte kaikki luonnollisesti takaisin.

— Siitä ei huolta. Niin, kyllä hän on parannettavissa. Luulen, että ero teistä joksikin aikaa on parasta hänelle.

— Ero? Ero minusta?

Aivan niin.

Ja viitisen minuuttia, ehkä kymmenenkin, tohtori puhui tieteellistä palturia, samalla kuin hän korvat herkkänä kuunteli. Nyt... hän kuuli ulkoeteisen ovea avattavan ja askeleita. Hän ojensi äkkiä paperilapun herra Sandölle.

— Tässä on muuten varma lääke. Tämä on tosin resepti — teitä varten, mutta se kyllä auttaa häntäkin.

Kalpeaksi valahtanut herra Sandö luki reseptistä: Nautittava

Mooseksen lain seitsemättä käskyä vähintäin kolmesti päivässä.

— Mitä, mitä tämä merkitsee? hän sihautti ruumiin jännittyessä. Samalla hän kuuli askeleita eteisestä, jonka oven tohtori oli jättänyt auki. Kynnykselle ilmestyi kaksi tuikeaa miestä.

Tohtori nousi.

— Hyvää päivää, hän sanoi levollisesti. — Olen tohtori Teitto. Minulta on varastettu huomattava summa rahaa työpöytäni laatikosta ja minulla on täysi syy uskoa, että tämä herrasmies on varkauden suorittanut ja että hänellä on rahat mukanaan. Pyydän, että tarkastatte hänet.

Herra Sandö seisoi liikkumattomana, ärtyneenä ja ivallisena.

— Herra tohtori on kai tullut kaistapäiseksi hulluja tutkiessaan, hän sanoi ja viittasi siviilipukuisia poliiseja luokseen. Hän ei vähääkään vastustellut, ja tohtorin valtasi todellinen pelko. Hänen pelkonsa osoittautui aiheelliseksi.

Herra Sandöltä ei löydetty mitään, joka olisi viitannut varkauteen, ja rahojakin oli hyvin niukalti.

Etsivät olivat ymmällä, mutta tohtori, joka ei hetkeksikään ollut laskenut katsettaan herra Sandö'stä, säpsähti äkkiä ja ryntäsi työhuoneeseensa, toisen etsivän häntä seuratessa. He etsivät koko huoneen, mutta eivät löytäneet mitään, ja kuitenkin tohtorin järki sanoi hänelle, että herra Sandön täytyi olla varas ja että rahat olivat jossakin

— Ikkuna! tohtori huudahti ääneen ja ryntäsi sen luo. Se oli kiinni ja tohtori avasi sen hermostunein liikkein. Hän katsahti maahan, mutta hiekoitetulla käytävällä oi näkynyt mitään. Sitten hänen katseensa nauliutui pienelle parvekkeelle, joka oli puolta kerrosta alempana aivan sivulla. Parvekkeella oli jokin värikäs liina. Mitään sanomatta tohtori kiiruhti porraskäytävään ja parvekkeelle. Niin, siellä oli todella liina, silkkiliina, mutta se oli omituisen raskas: se oli kaksinkertainen ja sen sisällä olivat tohtorin rahat — kaikki.

Liina oli heitetty rouva Sandön noudettavaksi. Mutta hän ei ollut voinut sitä tehdä, sillä tohtori saattoi hänet ulos saakka. Eikä hän uskaltanut palata.

Herra Sandön hampaat kirskahtivat, kun hän näki liinan tohtorin kädessä. Hänellä ei ollut mitään sanomista.

* * *

— Niin, tämä oli loistavin tapaukseni, tohtori tapasi sanoa seikkailustaan kertoessaan. Mutta en minä sittenkään kaikkea keksinyt. Rouva Sandö, ah, hänen sametinpehmeät, lapselliset silmänsä, hän ei sittenkään päässyt pakoon. Mutta häntä ei tuomittukaan... sillä hän oli sittenkin — ajatelkaas — hän oli todellakin kleptomani. Siitä olen vakuutettu, ja miksikö? Oh, siitä syystä, että kun herra Sandön poistuttua etsivien seurassa tahdoin katsoa kelloani, oli se kadonnut. Tuo hurmaava rouva oli, painuessaan rintaani vasten kiitollisena ja arkana, mitä näppärämmin sen siepannut. Niin, ihminen erehtyy!

Eikä kukaan voinut sanoa, oliko tohtori tosissaan vai laskiko hän leikkiä.

Syvyys

Miehet työskentelivät syvyyden yllä. He istuivat köysien ja lauto-
jen varassa. Köydet kulkivat väkipyörien kautta ylhäällä katon rajasta
törröttäviin hirsiin, jotka kannattivat näitä maalaritelineitä. Talo oli
uusi, mahtava liikepalatsi kohoten kahdeksan kerroksen korkeuteen.
Alhaalla, päätyseinän vieressä, oli vanha kolmikerroksinen rakennus,
jonka terävä katonharja häämötti miesten alla.

Syvyys uhkasi heitä, näitä miehiä, jotka lamppujensa valossa maa-
lasivat tyhjää, ikkunatonta päätyseinää. Heitä oli kaikkiaan kolme.
Kaksi istui vierekkäin isommalla laudalla, kolmas yksinään pienellä.
He olivat eri puolilla pientä kolmisivuista valopihaa, jonka takaseinä-
mällä himmeästi välkkyi rivi kapeita, pimeitä ikkunoita — takapor-
taitten valoaukkoja.

Lamput loivat valonsa punaisille tiilille ja heiluvat kädet isoine si-
veltimineen heittivät jättimäisiä varjoja, jotka liikkuivat nopeasti ja
pehmeästi. Iso teline oli seitsemännen, pieni kuudennen kerroksen
korkeudella. iltainen kaupunki levisi alla ja ympärillä hehkuvine,
tuikkiville ja liikkuvine valoineen, kattojen meri ja valoa uhkuvat au-
keat. Sen kolinaan, valoihin ja varjoihin sulautuivat nämä miehet,
jotka loistavien hyönteisten lailla näyttivät takertuneen kiinni pysty-
suoraan, huimaavan korkeaan seinään.

Yksinään istuva mies suuntasi lamppunsa työtovereihinsa.

— Hei! Minä heitän nyt!

— Selvä! Antaa tulla! hänelle vastattiin.

Hän ei noussut seisomaan, vaan istuallaan kehitti auki köysikimpun, heilautti oikeaa kättään ja viskasi köyden. Se viuhahti toista telinettä kohti, miehet haroivat kiihkeästi käsillään, mutta köysi ennätti livahtaa syrjään ja putosi alas. Hiljainen noituminen seurasi epäonnistumista. Mutta kolmas mies veti rauhallisesti köyden jälleen luokseen ja heitti uudelleen. Tällä kertaa toverit tavoittivat sen.

— Selvä! ilmoitettiin heittäjälle.

— Hyvä on! Vetäkää hitaasti.

Ja sitten alkoi yhden miehen teline hitaasti, tuskin huomattavasti liukua syrjittäin valopihaa kohti. Yksinäinen mies oli sammuttanut lyhtynsä. Vain toinen isommalla lautalla olevista miehistä maalasi ja hänen kätensä ja siveltimensä kuvastuivat mustina ja muodottomina varjoina lyhdyn valossa valkeana hohkavalle seinälle.

* * *

— Ei, älä sytytä valoa! pyysi varatuomari Kehä. — Katselen mielelläni öistä kaupunkia.

He istuivat poliisiupseeri Tievalan lasiseinäisellä parvekkeella. Suoraan alhaalla ammotti korttelin pimeähkö pihapuoli, mutta kauempana levisi kaupunki sinisine, punaisine, vihreine mainoksineen ja katujen ylle kohoavine häilähtelevine valojuomuineen. Lukemattomat ikkunat pilkottivat valaistuina, mitkä himmeämmin, mitkä kirkkaammin, ja autojen, bussien ja raitiovaunujen lyhdyt heittivät sinipunervia kaariaan seinille. Kaiken ylle kohosi väreilevä, yhä himmenevä valokupu koko kaupungista.

— Tämä on vaihtelua, virkahti varatuomari pehmeästi naurahtaen. Kun päivästä päivään ja viikosta viikkoon katselee taivaan tähtiä niinkuin me siellä maalla, silloin tällainen valaistus on uutta ja kiintoisaa. Tietysti, jos minun pitäisi valita taivaan tähtien ja esimerkiksi tuon vilkkuvan vihreän suklaamainoksen välillä, minä valitsisin tähdet, mutta vaihteeksi, joskus, silloin tällöin, katselee kyllä tuota myrkynvihreääkin valoa. Tässä näyssä on elämää ja vilkkautta. Se piristää ja kiihoittaa. Totta tietysti on, että elämää on maallakin, luonto ei ole milloinkaan kuolleena, mutta näin syksyisin varsinkin täytyy tietää se eläväksi, sitä ei näe eikä huomaa. Täällä on toista. Tämä on suorastaan kiihoittavaa sellaiselle maaseutulaiselle kuin minä.

— Virkasi ei taida tarjota kiihoitusta! hymähti poliisiupseeri Tievala.

— Tuomari Kehä pudisti päätään. No eipä juuri. Enkä sitä kaipaakaan. Nimismiespiirini on toistaiseksi ollut rauhallinen ja lainkuuliainen. Kyläpoliisini selvittävät mainiosti sattuneet rikokset.

Tievala ähkäsi. — Mutta minulla on kiihoketta tarpeeksi ja liikaakin. Voin puhua sinulle suoraan: minulla on kyseessä ollako vai eikö olla.

Tuomari Kehä katsahti ystäväänsä, jonka väsyneet kasvot olivat painautuneet käsiin. Hän erotti vain heikosti sisähuoneesta tulevassa valossa ystävänsä piirteet.

— Kuinka ollako vai ei olla?

— Ollako virassa vai pyytääkö ero! jyrähti Tievala. — Tässä on sattunut pari ikävää juttua, kultaseppä Kaarnalan ja muuan toinen. Murtoja, hyvä veli, ovelia ja rohkeita murtoja! Jutut ovat minun hallussani, mutta johtolankani ovat sellaiset, että niiden perusteella voisin pidättää kaikki taikka en ketään. Mutta mitäs siitä, se ei puhumalla parane. Ne alkavat oikeastaan jo unohtua. Sitä minä vain pelkään, että jos kolmas samansuuntainen vielä tapahtuu ja tulokset jäävät yhtä heikoiksi, saan pyrkiä muille markkinoille. Minähän olen erikoistunut rikospoliisiksi ja nyt mikä järjestyskonstaapeli tahansa näyttää tietävän asioista yhtä paljon. Mutta jättäkäämme tämä. Tule, ottakaamme pieni coctaili.

He pistäytyivät ruokasalissa palaten sitten parvekkeelle. Tuomari Kehä katseli näkyä, joka häntä maaseutulaisena kiihoiitti ja kiinnosti, iltaisissa valoissaan välkehtivää kaupunkia.

— Kuules, mitä ihmettä nuo miekkoset tuolla puuhaavat? hän kysyi ja osoitti sikaarillaan korkeaa talonseinää, joka vastapäisessä korttelissa kohosi muita korkeammaksi. Seinän luona häilähteli valoja ja liikkui varjoja.

Poliisiupseeri tähysti hetkisen ja virkahti:

— Maalareita! Valmistavat kai ylitöinään jotakin mainoskuvaa tyhjälle päätyseinälle.

Tuomari Kehä puistattihe lievästi.

— Huh, ilkeää työtä! Ainakin minulle se olisi ilkeää. Istuapa tuollaisen pystysuoran seinän äärellä parin laudan ja narun varassa! Ja vielä pimeällä!

— Mutta mies, sinähän olot tehnyt lentomatkojakin! nauroi poliisimies.

— Huimaisiko päätäsi tuollainen korkeus?

— Minua ei oikeastaan korkeus huimaa, vaan syvyys ikäänkuin nielee. Se on eri asia, vaikka sitä on vaikea selittää. Lentokoneessa en tunne mitään, kai siksi, ettei minulla ole mitään konkreettista vertauskohtaa. En vaistoa, kuinka korkealla olen ja kuinka suuri syvyys on allani. Mutta jo varsin matalalla katolla liikun varovasti. Ja minulla on aivan sama tunne, jos näen jonkun toisen uhmaavan syvyyttä. Muistan kerran katselleeni muutamien muurarien liikehtimistä korkean tehtaan savupiipun päässä. Tuo punainen pylväs tuntui minusta niin kammottavan korkealta, taustanaan uhkaavat, mustanvalkoiset ukkospilvet. Ja opiskeluaikanani muistan lukeneeni hartaan rukouksen erään nuohooja paran puolesta, joka joulukuun iljanteitten aikana, raivoisan lumimyrskyn vallitessa, seisoi kumartuneena tuulta vasten savupiipun päällä viisikerroksisen talon katolla. Ei, minusta ei olisi muurariksi, ei maalariksi, ei nuohoojaksi eikä merimieheksi. Ja nuokin tuolla, huh, ja vielä pimeässä! Eikä ole kuitenkaan niin pimeä, ettei syvyyttä erottaisi.

— Ymmärrän tuon tunteen, myönsi Tievala, vaikka se harvoin tapaakin minut. Mutta olen kokenut. Kävin kerran eräässä rakenteilla

66

olevassa talossa ja jouduttuani äkkiä kattamattoman, ammottavan hissiaukon äärelle ei paljoa puuttunut, etten lysähtänyt käytävälle. Ja toinen kokemukseni muutamalla vuoristomatkalla oli vakuuttava sekin. Olimme matkalla kolmisin, muuan kumppanini ja opas. Jouduimme kulkemaan syvän, kapean rotkon yli kahta puunrunkoa pitkin. Olimme jo päässeet melkein yli, kun kumppanini alkoi pelätä ja laskeutui istumaan rungoille. Hänen kammonsa tarttui minuun, en uskaltanut harpata hänen ylitseen ja niin istuuduin minäkin. Meni yli puoli tuntia, ennen kuin opas sai raahatuksi sokean pelon vallassa olevan toverini polulle. Mutta minäkin olin niin heikko ja hervoton, että sain ryömiä puunrunkoja pitkin loppumetrit. Muistan varmasti tuon puolituntisen kuolemaani asti. Rotko oli kolmisensataa metriä syvä ja alhaalla pauhasi puro. Ja olisin voinut silloin vannoa, että nuo puunrungot liikkuivat allani. Muulloin ei minulle ole sellaista heikkouden puuskaa sattunut. Mikään katto ei minua peloita. Ja nuo miehet tuolin, nuo maalarit, he ovat kyllä tottuneet ammattiinsa ja sen vaatimuksiin.

Tuomari katseli yhä edelleen öistä kaupunkia. Sitten hän nauroi hiljaa ja hyväntahtoisesti.

— Kun on aikaa syventyä pikkuseikkoihin, ne monasti naurattavat. Niinkuin nuokin nyt tuolla, nuo maalarit! Taikka eivät ne, vaan heidän työnantajansa! Heillä mahtaa olla hirveä kiire! Ja mikä kiire: saada jokin tylsä mainoskuva valmiiksi, kehumaan ties mitä! Mahtaakohan jälki olla kunnollista?

— No, en tiedä, tehtävä on kai siksi yksinkertainen, ettei muuta kuin huiskia vain. Ne kai vain pohjustavat.

Tuomari Kehä pudisti päätään.

— En minä vain omaa työtäni jättäisi yöllä tehtäväksi. Lyhdythän niillä kyllä on, mutta tiilipinta on kuitenkin laastiväleineen siksi karkea ja epätasainen, ettei maalauksesta mitenkään voi tulla tasaista. Lyhtyvalo luo paljon pieniä varjoja. Ja maali kiiltää ilkeästi. Mutta tietysti kiire on aina kiire. Vaikka minusta näyttää toiselta puolen, etteivät nuo miehet sentään vallan kovaa kiirettä pidä. Mutta olkoot! Omapahan on asiansa.

He polttelivat hetkisen äänettöminä. Sitten tuomari kysäsi:

— Kerropa hiukan niistä juttuistasi. En minä kyllä tarjoudu niitä tästä tuolilta käsin rankaisemaan, mutta olisihan kiintoisaa kuulla.

— Kaarnalan juttu on ollut sanomalehdissä selostettuna, senhän kai muistat?

— Hm, likipitäin kai. Vesijohtomiehiä, vai?

— Niin, se oli hirvittävän reippaasti suoritettu. Kolme neljä miestä ilmestyi myöhään illalla ja alkoivat purkaa katua. Häiriö vesijohtoverkostossa! Sitten he tai jotkut heistä siirtyivät pihalle, kellariin ja mullistivat aika tavalla. Ja sitten lähtivät tiehensä. Seuraavana aamuna huomattiin, että Kaarnalan liikkeeseen oli murtauduttu alhaalta kellarista käsin. Roistot olisivat voineet tyhjentää vaikka koko liikkeen, mutta niille sattui kai jokin häiriö, sillä saalis oli suhteellisen vähäinen. Kassakaappeihin ei nimittäin oltu koskettukaan.

— Eikä jälkiä minkäänlaisia.

— Tavallaan paljonkin. Miesten tuntomerkkejä vaikka kuinka paljon, mutta epävarmoja. Näkijöitä oli nimittäin liian paljon. Mutta muuten ei mitään, ei edes sormenjälkiä. Oikeat vesijohtomiehet saivat päivän verran korjailla valetovereiensa töitä.

— Ja toinen?

— Hm, tämä on virkasalaisuus oikeastaan. Siitä ei ole sanomalehdissäkään ollut mitään. Murto tapahtui erääseen virastoon. Väärillä avaimilla sisään. Sisällä työskennellyt vahtimestari yllätti roistot sattumalta. He olivat upseeripuvuissa. Vahtimestari tuntee arvomerkit hyvin. Ja hän saattoi todeta, ennenkuin hänet iskettiin tainnoksiin, että toisella miehellä oli kapteenin mantteli ja majurin lakki. Miehet olivat siis varmasti valepuvussa. Saalis oli melko mitätön, mutta tapaus nolo. Eikä mitään kunnon jälkeä ole siitäkään keksitty. Täällä on nyt pari pääkaupunkilaista rikospoliisia myös koettanut taitoaan ja onneaan, mutta heidän saavuttamansa tulokset ovat yhtä laihoja kuin minunkin.

— Hm, uskotko, että molemmat jutut ovat samojen suorittamia?

— Kyllä. Ja vaikka saalis onkin ollut noin kohtuullinen, niin kerran kuukaudessa suoritettuna sellainen tekonen takaa huolettoman elämän kolmelle neljälle miehelle.

— Hm, niin, kyllä ne samaa tyyliä ovat molemmat jutut, vaikka toisessa olivat kyseessä vesijohtomiehet, toisessa sotilaat. Valepuku, se on yhteinen piirre! Ja rohkea häikäilemättömyys. Siinä on jotakin elokuvamaista, etten sanoisi amerikkalaista.

— Ameriikassa olleita, ehdotti tuomari.

— Sitäkin on ajateltu, mutta sopivia henkilöitä ei ole löydetty epäiltäviksi. Jokainen kaupungissa asuva ja yleensä ulkomailla oleskellut henkilö on punnittu, onpa eräitä varjostettukin. Ja kaupungissahan ne kai sittenkin ovat. Molempien murtojen välinen lyhyt aika viittaa siihen.

— Hm, kiperä juttu!

— Se on niin kiperä ja kiukuttava, että minua väliin suorastaan inhoittaa mennä koko poliisilaitokselle. Elleivät ne tietäisi siellä, että olen erikoisesti harjaantunut rikospoliisiksi, olisi asema helpompi, mutta näin ollen sain tässä jo kuulla vaatimattoman viittauksen ulkomaisten stipendien hyödyllisyydestä poliisimiehille.

— No, piikittelyt täytyy kestää. Tie nousee joskus pystyyn hyvältäkin hevoselta.

— En oikeastaan ymmärrä, mistä piireistäkään pitäisi rikollisia etsiä. Jos kultasepänliikkeeseen ja virastoon tehdyt murrot ovat samojen miesten käsialaa, niin heidän toimialansa on laaja. Kultasepällä tietää kyllä jokainen alokaskin jotakin saavansa, mikä moukka tahansa, mutta virastojuttu viittaa ihmeellisiin tietoihin ja suhteisiin. Ellei muuan virkamies, omalla vastuullaan, olisi sanottuna aikana vienyt huomattavaa summaa kotiinsa säilytettäväksi, olisi rikollisten saalis ollut ruhtinaallinen. He ovat jotakin tietäneet. Mutta tarkimmillakaan kyselyillä ja tiedusteluilla en ole onnistunut virkamiehen tuttavapiiristä keksimään ketään, joka voisi olla syyllinen.

Tuomari Kehä nousi seisomaan.

— Kuule, usko minua, parasta mitä sinulle voisi sattua olisi kolmas yritys. Siinä on mahdollisuutesi. He ovat nyt kaksi kertaa täysin onnistuneet. Menestys tekee ihmiset yleensä huolimattomiksi. On erittäin todennäköistä, että he seuraavalla kerralla tekevät jonkin virheen. En tiedä tietysti mitään, mutta minusta tuntuu, niin kuin mahdollisesti joku, jonka olemassaolonkin sinä tiedät, on välttynyt syystä tai toisesta. joutumasta epäiltäväksi. Ne, jotka tietävät ja tuntevat jotakin rahojen säilytyksestä virastoissa, eivät voi olla täysin tietymättömiä ja tuntemattomia. Pahus sentään, nämä jutut kiinnostavat minua niin, että jos olisi sopivaa ottaisin lomaa ja tulisin tänne apulaiseksesi! Olisin minä kai siinä rikospoliisi missä nuo miekkoset maalareita!

Ja hän viittasi tuolle seinämälle, missä mainosmaalarit näkyivät lyhtyineen. Nyt ei näkynyt kuin yksi lyhty. Tuomari Kehä, miesten piirtyessä kajastusta vasten melkein varjokuvina, oli aikaisemmin huomannut pienen telineen siirtyvän vinosti ylös ja vasemmalle. Se oli pimeässä eikä sitä erottanut.

— Sinähän taidat ollakin koko asiantuntija maalauksessa? ihmetteli Tievala.

— Tavallaan. Isäni oli nimittäin maalarimestari ja minä olin paljonkin töissä mukana, osaksi auttaakseni, osaksi tavallaan pitääkseni silmällä sällejämme. Ja kesäkausin yläluokilla ollessani ansaitsin sievoisia rahoja siinä puuhassa. Eivätkä ne meidän sällit totisesti tuolla tavalla työtä tehneet, huitaisseet pari kertaa ja sitten istuneet ja arvelleet puolin tunnein. Kun työtä tehtiin, tehtiin sitä lujasti, ja kun levättiin, niin levättiin kerralla. Ihmeellistä ylityötä tuo näkyy olevan, näin syrjästä katsoen.

— Kyllä se on varmasti urakkatyötä, niin että omapa on asiansa! hymähti Tievala. — Otatko coctailin vielä? Ja sitten lähdemme kai jonnekin ulos?

— Coctailista sanon kiitos, mutta ellei sinulla ole mitään vastaan,

niin mieluimmin istun tässä. Ravintolasta en välitä. Parempia ryyp-
pyjä en siellä saa, musiikista en välitä ei siellä ole näköalaakaan.

— Aivan niinkuin haluat! virkahti Tievala kevyesti. — Ajattelin
vain, että kenties haluaisit jonnekin pistäytyessäsi näin kaupungissa.
Odota hetkinen, tuon coctailin tänne!

Tuomari Kehä jäi istumaan pimeälle parvekkeelle eivätkä hänen
silmänsä siirtyneet maalareista, jotka olivat herättäneet hänen kiin-
nostuksensa. Pieni teline näytti hävinneen kokonaan. Se ei kuvastu-
nut enää seinällä lainkaan. Isommalla telineellä paloi nyt sensijaan
kaksi lyhtyä ja molemmat miehet tuntui vallanneen oikea ahkeruu-
den puuska.

— Kenen tuo uusi komea talo on? kysyi Kehä ystävältään tämän
asettaessa coctailitarjottimen pienelle pöydälle.

— Sen omistaa osakeyhtiö, muuan äveriöitynyt rakennusmestari
pääosakkaana. Hieno laitos sisältä! Tekniikan viimeinen sana, niin
sanoakseni, ainakin toistaiseksi.

— Asuinhuoneistoja?

— Ei, tietääkseni siinä ei ole muita asuinhuoneistoja kuin niitä
talonmiehet, isännöitsijä ja sellaiset tarvitsevat. Pelkkiä liike- ja
konttorihuoneistoja. Kaikki eivät kai vielä ole vuokrattujakaan. Siellä
on jo parin pankin haarakonttorit, laivausliike, tukkukauppoja, laki-
toimistoja ja mitä kaikkea liekään.

He maistoivat laseistaan. Samassa tuomari Kehä huomasi pienen
telineen ilmestyneen aivan valopihan reunalle. Lyhty paloi ja mies
näkyi puuhailevan jotakin. Isompi teline oli laskeutumassa alas. Mie-
het hellittivät köysiä, joiden varassa laskeutuminen kävi.

— Ahaa! virkahti tuomari. Maalarimiekkoset katsovat tehneensä
kylliksi. Laskeutuvat alas, siltä näyttää!

Hitaasti, horjahdellen ja nytkähdellen, kävi laskeutuminen. Isom-
pi teline oli pian neljännen kerroksen kohdalla. Ilmeisesti miehet ai-
koivat laskeutua naapuritalon katolle.

— No minä kun en noita maalareita ymmärrä! jahkaili Kehä kyllästymättä, vaikka Tievala oli jo väsynyt tuon heille kuulumattoman lyön suorituksen valvontaan. Niillä on huomenna aikamoinen urakka telineestään.

Tuo yksinäinen pieni teline ei ollut laskeutunut paljonkaan. Mies istui lyhty vierellään ja mikäli Kehä saattoi eroittaa, riuhtoi ja selvitteli köyttä. Oli mahdollista, että köysi oli jotenkin sotkeutunut taikka siinä oli alla haittaava solmu, joka esti laskeutumisen.

Lyhdyt heiluivat alemmalla telineellä ja Kehäoli näkevinään, kuinka miehet huusivat ja viittoivat vielä viidennen ja kuudennen kerroksen korkeudella olevalle kumppanilleen. Tietysti ei siitä saattanut olla varma, mutta sellaiselta tilanne tuntui. Pienen telineen köysi oli sotkeutunut. Se ei kyennyt liikahtamaan ylös eikä alas. Tuomari Kehää puistatti hänen ajatellessaan miehen istumista tuolla ylhäällä korkean seinän vierellä, syvyys allaan.

Hän selvitteli vilkkaasti huomiokaan ystävälleen, joka hänkin alkoi tuntea laimeaa mielenkiintoa tapahtumiin. Iso teline oli jo laskeutunut pienen talon katon rajaan, miehet olivat kivunneet katon harjalle. He viittoilivat selvästi kolmannelle, joka oli jäänyt ylös maan ja taivaan välille. Ehkä he aikoivat palata korkean talon katolle ja hinata kumppaninsa ylös.

Mutta sitten tapahtui jotakin, jota ei tuomari Kehä eikä poliisimieskään olleet odottaneet. He näkivät miehen jättäneen lyhdyn telineelle ja ruvenneen kiipeämään toista köyttä myöten ylös. Jokin peltipönttö näkyi kiiltelevän hänen selässään vyötäisten kohdalla.

— Hyi sentään! purkautui tuomarilta. — No tuota temppua en minä ainakaan olisi yrittänyt! Lähteäpä kiipeämään nyt moisessa paikassa! Miten hän jaksaa ponnahtaa hirrelle! Onpas niillä kiire! Ei malta odottaa, että kaverit hinaisivat hänet ylös! Kuules, Tievala, olisin melkein valmis lyömään vetoa siitä, että tuo juttu päättyy hullusti. Mihin ihmeellä sillä on sellainen kiire?

Nyt oli Tievalankin kiinnostus herännyt. He katsoivat ja seurasivat miehen uhkarohkeata kiipeämistä. Teline hänen allaan heilui ja lyhdyn valo häilähteli sinne tänne. Kiipeävän miehen varjo keikkui mustana ja isona hänen yläpuolellaan.

Kiipeäminen kävi hitaasti ja mitä pitemmälle se sujui, sitä verkkaisemmaksi se muuttui.

Äkkiä tarttui tuomari Kehä innokkaasti ystävänsä käsivarteen.

— Kuules, mitä jos tämä on se kolmas kerta? Ajatteles! Nuo ovat kehnoja maalareilta! Ja maalaavat pimeällä! Ja huomasin, että pieni teline oli poissa näkyvistä...se oli tuon valopihan varjossa... tuossa syvennyksessä... ja siellähän on ikkunoita .... ajatteles, pankkeja ja muita äveriäitä paikkoja!

Poliisiupseerin ruumis jäykkeni ja terästyi. Hän päästi matalan huudahduksen.

—En usko... mutta se voisi olla mahdollista... Mutta nyt... katsos... mies on lähellä kuolemaa!

Kiipeävä mies oli hitaasti, äärettömän hitaasti saapunut köyden yläpäähän, tukihirren alle. Hän teki pari rajua ponnistusta, mutta ei jaksanut kohottautua hirren varaan, vaan jäi riippumaan köyteen käpristyen kokoon pieneksi mytyksi... jalat koukussa ja köysi lujasti polvien välissä... Oli aivan ilmeistä, että hän oli menettänyt voimansa ja jokainen sekunti, jonka hän riippui köydessä, vaikuttaisi siihen, ettei hän enää uudelleen jaksaisi tehdä yritystäkään.

Ja hänen allaan oli hämärtävä syvyys... viiden kerroksen korkeus ja toisen talon katto... Kuinka kauan hän jaksaisi riippua? Hänen elämänsä olisi niin pitkä...ellei apua ehtisi ...! Mutta hänen kumppaninsa olivat vieläkin toisen talon katolla. Menisi aikaa, ennen kuin he ehtisivät laskeutua pihalle, juosta toiseen taloon, kiivetä katolle ja...

Tuomari Kehä tunsi kuvottavaa kauhua miehen puolesta. Tosiaankin, miehellä oli kiire... hänellä oli niin kiire, että hän uhmasi pitkää kiipeämistä melko ohutta köyttä myöten...!

Tievala oli syöksähtänyt puhelimen ääreen työhuoneessaan.

— Paloasemalle! hän karjasi itsekseen ja kiersi numerotaulua.

Ja sitten hän puhui hyvin nopeasti, käskevästi ja lyhyesti. Palokunta olisi sittenkin nopein ja varmin keino.

Tuomari Kehä oli vetäytynyt pois parvekkeelta. Hän ei jaksanut katsoa miehen epätoivoista kamppailua.

Hän ei uskonut, että miehellä voisi olla mitään pelastumisen mahdollisuutta.

Poliisiupseeri oli kiskomassa ylleen päällystakkia eteisessä huudahtaen ystävälleen:

—Et kai tule mukaan! Odota täällä! Minä en viivy kovin pitkään! Tai jos tulet mukaan, niin heti!

Tuomari Kehä puistaltihe. — En, en tule! Minua kammottaa tuo syvyys... Odotan täällä!

* * *

Voitettuaan vaistomaisen pelkonsa ja kammonsa tuomari Kehä astui parvekkeelle parikymmentä minuuttia myöhemmin.

Siellä ei ollut mitään nähtävissä. Vain tumma, tyhjä seinä tuijotti häntä vastaan. Se, mikä oli sallittu tapahtuvaksi, oli jo siis tapahtunut. Jälkinäytös oli kai parhaallaan alhaalla.

Vain hämärästi hän erotti pienen telineen. Lyhtyä ei siinä enää ollut. Oliko mies pudotessaan satuttanut itsensä telineeseen ja kaatanut lyhdyn?

Tuo hänen huomautuksensa mahdollisesta rikoksesta, se oli vain seurausta Tievalan kertomuksesta. Tietysti miehet olivat maalareita ja muuan heistä kai tarpeettoman uhkarohkea.

Hän poistui parvekkeelta. Hän tunsi olonsa epävarmaksi, ikään kuin olisi ollut syvyyden partaalla. Kai hänen hermoissaan oli jokin vika.

Tievalaa ei kuulunut. Aika kului. Hän tiesi, että vuoteet odottivat valmiina, mutta hän ei halunnut ruveta nukkumaan. Hän valmisti itselleen vielä coctailin ja joi sen hitaasti, maistellen. Hän käveli ja odotteli.

Oikeastaan hänen olisi pitänyt seurata Tievalaa, mutta nyt oli liian myöhäistä. Hän otti kirjan ja yritti lukea sitä nojatuolissa, mutta sulki sitten silmänsä ja nojautui taaksepäin... Ehkä coctailit vaikuttivat sen, että hän nukahti.

Mutta hän heräsi aivan virkeänä kuullessaan avaimen kiertyvän ulko-oven lukossa. Tievala palasi.

Tuomari Kehän katse oli kysyvä, kun poliisiupseeri astui sisään.

— Putosiko hän? Kehä kysyi lakoonisesti.

Tievala hyrähti nauramaan, valmisti itselleen juoman, sytytti sikaarin ja vaipui nojatuoliin.

— Putosiko hän? hän kertasi ilmeisesti hyvillään. — Ei, ei hän pudonnut, mutta vähältä piti, ettei hän pudottanut kahta palokuntalaista. Ihmeellinen juttu! No niin, palokuntalaiset olivat jo kantamassa häntä katolta kun minä saavuin. Tosiaankin ripeitä poikia! Mies oli aivan kuitti ja melkein sekaisin pelosta. Ihmeellinen juttu! Hän oli ollut useita tunteja tuolla ylhäällä pelkäämättä lainkaan, hän uskalsi lähteä kiipeämään ja kiipesi hirteen asti, ja silloin... silloin häntä alkoi syvyys kammottaa... Hän puheli siitä kuulustelussa aivan järkytettynä.

— Eikä pudonnut!

— Ei, päinvastoin hän oli niin lujasti takertunut kiinni köyteen, että avuksi rientäneet palokuntalaiset, maaten hirsien päällä, olivat itse keikahtaa alas irroittaessaan häntä väkisin. Pureutunut kiinni köyteen kuin haavoitettu sorsa pohjamättääseen. Jonkinlainen suonenvetokohtaus kai! No, sitä hän saa kiittää hengestään. Mutta ellei sinua olisi ollut, niin kai hän sittenkin makaisi murskautuneena alhaalla. Hän saa kiittää sinua hengestään!

— No olipa onnellinen sattuma!

— Mutta saanpa minäkin kiittää sinua, nauroi Tievala hyvätuulisesti. — Arvaapa, mitä miehellä oli peltipöntössä, jonka oli sitonut vyötäisilleen? Heh, eipä taitaisi olla pahitteeksi, että sinä muuttaisit

75

tänne minun paikalleni ja minä hermojani lepuuttamaan sinne maalle. Katsos, miehen pöntössä oli kokonainen tukku seteleitä sekä vielä isompi määrä obligatioita. Hän oli pistäytynyt tuon valopihan ikkunan kautta talossa ja eräässä pankin haarakonttorissa. Mies on kiinni ja salaperäiset murrot saavat ratkaisunsa. Minä ilmestyin paikalle kuin mikäkin deus ex machina ja luulenpa, että arvovaltani erikoistuneena rikospoliisiupseerina taas vakaantuu!

— Ja mikä ja kuka mies oli?

— Se ei ole kädenkäänteessä selvitetty, mutta nykyisin hän on toiminut jonkinlaisena itsensä perustamanlahkon saarnaajana. Hän vältti epäluulomme. Hän on ollut kai eläessään vaikka mikä ja kierrellyt maailmaa lavealti. Ehdimme jo toimittaa kotitarkastuksenkin hänen luonaan ja todisteita on riittävästi aikaisemmistakin tekosista.

— Ja apulaiset?

— Livistivät. Mutta olen varma, etteivät he vanhene vapaudessaan. Huomenna heidät tavoitetaan. Ja nyt me otamme yötuikun! Totta tosiaan, ei ole hullumpaa vaikka isä onkin ollut maalarimestari! Minä en tosiaankaan olisi huomannut mitään ja mies olisi kai pudonnut...

— Huh! puistaltihe tuomari Kehä.

Kuka oli syyllinen?

Professori Arho sulki huolellisesti työhuoneen oven viitattuaan ystäväänsä istumaan. Sitten hän kumartui tohtori Angervon puoleen ja kuiskasi hänelle hyvin hiljaa ja salaperäisesti:

— Täällä on tänään tapahtunut rikos.

Tohtorin silmät laajenivat kummastuksesta. Hän oli yllättynyt. Ja hetken molemmat vanhat, valkohapsiset miehet katsoivat toisiinsa kuin kaksi pehmeää, hyväntahtoista yöpöllöä. Entisen professorin ilme oli luottava ja tyynen odottava, toisen häiriytynyt ja epäröivä. Oli aivan hiljaista upeassa työhuoneessa, kirjat olivat parhaimmassa paraatiasennoissaan hyllyillä, lasivitriinit kimaltelivat kylmästi ja kirkkaasti, valo tulvi pehmeänä alastomasta puutarhasta.

— Rikos? kysyi tohtori Angervo niinkuin ei olisi ymmärtänyt.

— Niin, rikos... varkaus, vakuutti professori. Hänen ilmeensä oli anteeksipyytävä niinkuin henkilöllä, joka on joutunut tekemään tahtomattaan tahdittomuuden. Hän ei ollut tilanteen tasalla. Rikokset eivät kuuluneet hänen tilanteihinsä, eivät hänen maailmaansa. Hänen maailmansa oli ollut ja oli vieläkin erittäin hieno soppi kasvifysiologiaa, joka laajuudeltaan suhtautui koko botaniikan kosmokseen niin aurinkokuntaan. Häneltä ei voinut vaatia, että hän olisi ollut varma muualla kuin omassa maailmassaan.

— Kuinka se tapahtui? kysyi tohtori.

77

Ei voinut sanoa, etteivät rikokset olisi kuuluneet hänen maailmaansa. Hän oli nimittäin rikosoikeuden asiantuntija. Mutta se oli jotakin toista. Hänelle rikos oli käsite, ei kouriin — eikä varsinkaan kukkaroon tuntuva tosiasia, rikos ajattelun kohteena, ehkä joskus aforismien aineksena, hillittyjen ja kovin tieteellisten aforismien. Puhua hänelle tapahtuneesta, kokemuksellisesta rikoksesta, — hm, niin, se oli melkein kuin vaatia väritehtailijaa Rembrandtin arvostelijaksi.

Arho lähensi tuuliaan ja puhui hiljaa.

— Katsos, vaimon... Margareth... täyttää, tuota, piti sanomani, huomenna on kulunut kolmekymmentä vuotta hänen ensikonsertistaan... Me... minä silloin... no niin. Minä aioin antaa hänelle lahjan. Pienen yllätyksen. Taikka ei niin pienenkään. Kirjoitin Tuomolle Lontooseen, hän on asiantuntija, siellä on valikoitavaa ja hän osti minulle kaulanauhan, antiikkia ja kallista ja juuri mitä pitää ollakin... Margareth olisi pitänyt siitä vaikka kuinka. Se saapui eilen, postitse, vakuutettuna. Minä asetin sen kirjoituspöytäni laatikkoon... siitä ei tiennyt kukaan, suljin kirjoituspöydän lukkoon... ja kun tänään sen avasin ja johtui mieleeni vilkaista koruun niin, rasia oli paikallaan, mutta tyhjänä Viety... en käsitä miten! Ja nyt sinä hyvä ystävä saat auttaa minua. Sinähän tiedät kaiken rikoksista ja rikollisista. Paljasta heidät! On kauheaa, ellen huomenna voi antaa Margarethille sitä lahjaa... minähän en oikein ehdi käydä kaupungissakaan... ja kuka minulle valikoisi, kun Tuomokin on Lontoossa. Et suinkaan sinä ymmärrä jotakin koruista?

Tohtori Angervo teki jyrkästi kieltävän liikkeen. — En, en koruista... enkä tiedä, miten muustakaan... Etkö... etkö voisi ilmoittaa poliisille?

Professori teki hätääntyneen eleen.

— En, en mitenkään, sehän olisi häpeä. Ja miksi minun pitäisi kääntyä poliisin puoleen. Sinähän, hyvä ystävä, sinähän vastaat kokonaista poliisikuntaa... sinähän olet tieteellinen poliisi, niin sanoakseni!

Ja professori nauroi hyvänsuovasti ja ihailevasti. Hänellä oli rajaton luottamus ystäväänsä, ehkä yhtä perusteeton kuin jollakin maanviljelijällä olisi voinut olla häneen nähden, kasvitieteilijään, joka ei kai kuitenkaan olisi osannut istuttaa edes perunaa.

Imartelu, hieno ja laskematon, tehoaa kaikkiin eikä vähimmin tiedemiehiin. Tohtori Angervo hymähti tyytyväisenä. Professoria ihailu antoi hänelle itseluottamusta.

— No niin, voinhan minä yrittää. Hm, siis... Missä sinulla tuo koru oli?

Professori osoitti isoa amerikkalaista kirjoituspöytää, jykevää tammista huonekalua.

— Täällä. Tässä laatikossa. Katsos, tämä on sellainen pöytä, että kun työntää sivulaatikot kiinni ja sulkee keskilaatikon lukkoon, ovat kaikki lukossa. Se oli tässä oikealla, ylimmässä laatikossa.

Hän avasi laatikon ja otti esille hienon punanahkaisen kotelon.

— Se oli tässä kotelossa. Mutta nyt se on tyhjä.

— Kävitkö itse sen postista hakemassa? En, sisäkkö toi sen muun postin mukana. Ja minä avasin sen täällä, katselin sitä hetkisen ja panin sen sitten laatikkoon.

Tohtori Angervo katseli miettivästi pöytää, joka olisi voinut paljastaa salaisuuden, jos se olisi kyennyt sen ilmi lausumaan. Minkäänlaisia murron jälkiä ei ollut nähtävissä.

— Missä sinulla ovat avaimet?

— Taskussa, aina taskussa. Minä suljen kannen aina. Ei voi muuten koskaan tietää, ovatko kaikki paperit tallella.

— Hm, näyttää siltä niin kuin lukkoa ei olisi murrettu. Ei varmastikaan. Eikä ole toisia avaimiakaan.

— Siis koru on anastettu lukitusta laatikosta sitä avaamatta.

— Sehän on mahdotonta. Taikka sitten ei laatikko ole ollut lukittu.

— Se on myös mahdotonta. Minä muistan aivan selvästi. Ja nyt aamullakin se oli lukossa. Eikä kukaan ole siitä korussakaan mitään tiennyt.

— Entä sisäkkö?

— Ei hän tiennyt mitä paketissa oli.

Tohtori Angervo sytytti pitkän, ohuen savukkeen.

— Ketä on talossa nykyisin? Ketä on käynyt huoneessa eilisestä tähän aamuun tai voinut käydä?

— Hm, minä itse ja Margareth. Meitä ei voitane epäillä, nauroi professori. — Ja sitten on pastori Kotilo. Hän on Margarethin sukulaisia, vaikka minä en ole oikein selvillä siitä tarkemmin. Hm. Hän on askeetti, melkein. Sitten on Lauri Sukamo... hirveä nimi, vaikka minä en uskalla sitä sanoa, hän on minun sisarenpoikani, hyvin mukava poika. Kunnollinen. Sitten on neiti Lund... Astrid Lund, vaimoni vanha ystävätär. Kunnollinen, epäilyksien ulkopuolella.

— Kukaan ei ole niiden ulkopuolella, sanoi tohtori opettavaisesti.

— Hm, ja sitten...

Professori luetteli maatalonsa palveluskunnan siivoojattaresta pehtooriin ja puutarharenkiin asti.

— Minä katsastan, tohtori virkahti lopuksi oraakkelimaisesti ja nousi jättäen professorin lujaan, vaikka perustelemattomaan toivoon, että salaperäisesti kadonnut koru kyllä ilmestyisi ajoissa Margarethille annettavaksi hänen ensikonserttinsa kolmikymmenvuotispäivänä. Niin... kolmekymmentä vuotta olisi huomenna kulunut siitä päivästä, jolloin professori Arho oli ensi kerran nähnyt Margarethin... Ja nyt he elivät kuin se tarunomainen kreikkalainen aviopari, josta professori muisti joskus lukioluokilla kuulleensa.

* * *

Tohtori Angervo liikkui sinä päivänä paljon ystävänsä mukavassa ja hienossa kartanossa ja hänen mielentilansa oli jollakin tavoin uusi ja outo. Hän teki havaintoja, harkitsi, luokitteli, tiedusteli, keskusteli ja kuunteli. Hän oli niin täydellisesti salapoliisi ettei kukaan olisi voinut häntä sellaiseksi arvata.

Hän etsi epäiltäviä ja hän löysi niitä, vaikka ei tosin sieltä mistä oli hakenut.

80

Ensimäisten tutkimusten kohteena oli sisäkkö, siis ainoa, jolla saattoi olla jonkinlaista tietoa taikka aavistusta tuomansa paketin arvosta.

Kuitenkin, tieteellisesti asiaa arvostellen tuntui Kaisa Kukkonen — sisäkkö — olevan jotenkin täydelleen epäluulojen yläpuolella. Hän oli, kuten tohtori heti saattoi havaita, melkein ihanteellisen puhdas pyknikko ruumiilliselta olemukseltaan, keskikokoinen, tanakahko, pyylevä. Tohtori Angervo kuuli hänen lauleskelevan, ei kylläkään viehättävästi, mutta varmasti antautuneesti. Hän oli iloinen ja rauhallinen luonne. Mikään ei viitannut, että hän olisi tuntenut luvatonta vetoa vieraisiin koruihin.

Keittäjätär oli saman tyypin ehkä vieläkin puhtaampi edustaja. Tohtori oli tilaisuudessa toteamaan myöskin hänen uskomattoman juoruamishalunsa, mikä oli erittäin sopusoinnussa zyklotyymin henkisen olemuksen kanssa. Oli vaikea olettaa häntä rikolliseksi: hän ei olisi kyennyt säilyttämään edes omaa salaisuuttaan. Ja samansuuntaiset havainnot tohtori teki yleensä muihinkin palveluskuntaan kuuluviin nähden: lihavia, keskikokoisia, tyytyväisiä ja hilpeitä.

Lahjomaton tiede heitti sensijaan epäluulon varjon toisaalle. Ellei pastori Kotila olisi ollut pastori ja talon vanha tuttava ja vieläpä sukulainen, olisi tohtori Angervo ainakin hengessään osoittanut häntä sormellaan ja sanonut: tuo! Hän oli yli kuusi jalkaa pitkä ja vahva kuin kaartilainen, hänellä oli askeetin laihat kasvot ja sisäänpäin kääntynyt katse. Tohtoria värisytti: tuosta miehestä, teoreettisesti, kävi olettaminen mitä rikosta hyvänsä, jos vain voitaisiin osoittaa idealistinen syy ja tarkoitus sille. Tosin kyllä hänen atleettinen ruumiinsa ei ollut tuottanut täysin vastaavaa sielullista rakennetta. Tohtori Angervon täytyi myöntää, ettei pastori ollut puhdas schizotyymi. Nuo ohuet, sulkeutuneet huulet saattoivat hymyillä hyvin herttaisesti ja silmissä välähtää mitä iloisin humoristinen veitikka — ilmiöitä, jotka eivät soveltuneet selviin tieteellisiin systeemeihin.

Tohtori liikkui kuin harmaa tonttu ympäri kartanoa. Tehtävä

kiinnosti häntä. Hän sai ikään kuin mikroskopoida ihmisiä. Hän sai sovittaa teorioita elämään.

Astrid Lund ja Lauri Sukamo olivat leptosoomeja. Ei kylläkään ihan puhtaita, mutta kuitenkin tyyppi oli erotettavissa. Sisarenpoika oli laihahko ja sitkeä urheilijatyyppi, vaikka hän olikin alotteleva säveltäjä. Neiti Lund, talonrouvan ystävätär, vaikutti koteloituneelta, henkevältä ikäneidolta. Hänen linjansa olivat suoraviivaisia, hänessä oli eteerisyyttä ja varmasti hänen painonsa oli alle normaalin. Mahdollisuus rikollisuuteen oli heissä kummassakin. Ja he olivat köyhiä, ainakin suhteellisesti köyhiä. Neiti Lund oli opettajatar, vaikka tohtori ei saanutkaan täsmällistetyksi, mikä ja minkälainen opettajatar. Sisarenpoika oli taas säveltäjä, siis taiteilija, mikä tohtorin tietosanakirjassa merkitsi välttämättömästi eräänlaista syyntakeettomuutta, kaikkea odottamatonta ja heikkoa taloudellista asemaa.

Iltapäivällä professori ja tohtori Angervo vetäytyivät taas edellisen työhuoneeseen ja tohtori selvitti havaintojensa tulokset. Tieteellisesti, huomaa: tietellisesti harkiten tuntuisi pastori... hm... pastori Kotilo epäilyttävimmältä, alkoi tohtori vanhan professorin ponnahtaessa nojatuolistaan kauhistuneena.

— Ei, ei, se on mahdotonta.

— Niin se minustakin tuntuu, ikävä kyllä, tuntuu, myönsi tohtori.

— Senjälkeen viittaavat merkit herra Sukamoon ja neiti Lundiin... tieteelliset merkit.

Professori pyyhki hikeä otsaltaan. — Ei, sekin on mahdotonta.

— Niin, vaikeaa sitä on ajatella, mutta muita en ole keksinyt. Ovatko... ovatko nuo henkilöt käyneet täällä työhuoneessa?

Professori jäykistyi. — Ei, se on mahdotonta... No niin, Lauri oli kyllä eilen iltapäivällä täällä istuskelemassa ja lueksimassa. Hm... niin ... ja illalla näin neiti Lundin tulevan täältä... hm, en tosiaankaan tiedä, miksi hän kävi täällä.

Tuli merkityksellinen hiljaisuus.

— Mikä neiti Lund on oikeastaan?

Professori teki kädellään epämääräisen liikkeen. — Hän on ennen kaikkea Margarethin hyvä ystävä... vanha ystävä... ja sitten hän on opettajatar... luulen, että jonkinlaisen lastentarhan opettajatar... hän ei ole siitä paljon puhunut... Luulen, että hän on saanut kestää paljon kovaa tässä maailmassa ja Margareth, niin, hän on kai häntä aina joskus autellut... Mahdotonta, mahdotonta!

— Entäpä herra Sukamo?

Professori kielsi jyrkästi. — Hän on veitikka ja velikulta eikä hänellä raha pitkään riitä, mutta hän on muuten kultainen poika, ihan miesten parhaita.

— Mutta satunnainen pula?

— Hm, ei sittenkään...

Professorin näytti olevan vaikea jatkaa, mutta hän ponnisti kuitenkin.

— No niin, on kyllä totta, että hän on satunnaisessa pulassa. Hän puhui minulle siitä... totta kyllä, hän puhui siitä ja minä en, totta kyllä, minä en ollut oikein taipuvainen auttamaan... hm, pelkästään kasvatuksellisista syistä... hm, eihän pidä kaikkeen myöntyä, ...minä tahdoin vain lykätä asian tietysti minä auttaisin. Mutta ei hänellä ollut kiire...

Tohtori Angervo katsoi osaaottavasti ystäväänsä.

— Niin, minä en syytä ketään. Minä olen ollut vain tiedemies. Sinä itse saat päättää kaikesta.

Professori näytti taistelevan sisimmässään. Ja sitten hän teki päätöksen.

— Olisi parasta, että kävisit nimismiehen luona ja pyytäisit hänet pistäytymään täällä. Voin muille sanoa syyksi eräät maanomistusasiat. Meidän on päästävä piinaavista epäluuloista.

* * *

Istuessaan molempien vanhojen herrojen keskellä, nuorehko, si-

83

leäksiajeltu varatuomari tuntui suhtautuvan heidän kertomuksiinsa ja huomioihinsa kohteliaan epäuskoisesti. Hän ahdisti professoria ikäänkuin olisi tahtonut saada tämän myöntämään, ettei hän suinkaan ollut asettanut korua kirjoituspöydän laatikkoon, vaan mahdollisesti minne muualle hyvänsä.

Mutta professori pysyi järkähtämättä kertomuksessaan ja sanojensa ja korun olemassaolon todisteeksi näytti kirjeenvaihdonkin. Ja tohtori Angervo selvitti hänelle ankaran tieteelliset havaintonsa, joita virkamies kuunteli huvitettuna ja suopeana.

Enimmin häntä kuitenkin kiinnosti rikoksen suoritustavan selvittämättömyys. Murrosta ei ollut jälkeäkään. Ja professori oli valmis vannomaan, että hän oli sulkenut pöydän lukkoon.

— Oletteko etsinyt kartanossa? kysyi nimismies.

— En, en ole siitä puhunutkaan mitään, ilmoitti professori. — Olisihan hirveää panna toimeen jonkinlainen kotitarkastus.

— Epäilemättä, ja lisäksi luultavasti hyödytönkin. Ei kukaan, joka anastaa tuollaisen korun, rupea sitä säilyttämään niin lähellä. Hm, ... minä koetan harkita asiaa ja tulen huomisaamuna keskustelemaan.

* * *

Sekä professori Arho että tohtori Angervo viettivät huonounisen yön. Edellinen tunsi melkein itkettävää pettymystä, koska juhlapäivä uhkasi mennä pilalle, kun hän ei voisi antaa Margarethille suunniteltua lahjaa, yllätystä, jota hän kauan ja perusteellisesti oli harkinnut.

Tohtorilla taas tieteelliset teoriat ja hypoteesit sekaantuivat mielikuvituksellisiin unihoureisiin ja estivät hänet nukkumasta syvään ja rauhallisesti.

Kello kymmenen saapui nimismies ja kolme herraa vetäytyi taas neuvottelemaan. Virkamies näytti ärtyneeltä. Mutta hän puhui rauhallisesti ja värittömästi.

— On aivan selvää, että rikoksen on tehnyt kartanossanne oleskeleva henkilö, hän sanoi alkajaisiksi. — Kukaan satunnainen vierashan ei ole voinut tänne tunkeutua. En anna laatikon avaamisen selvittämättömyyden häiritä itseäni. Kun saamme rikolliset kiinni, selviää sekin. No niin, olen koettanut sillä vähällä ajalla, mikä on ollut käytettävissäni, ottaa selvää kaikista henkilöistä. Mikään saamani tieto taikka muu tuntemukseni ei viittaa siihen, että palveluskunnastanne joku olisi syyllinen. Ja yleensä: vain kahteen henkilöön nähden voimme toistaiseksi puhua edes epäluulon mahdollisuudesta.

— Ja ketkä ne ovat? kysyi professori. Neiti Lund ja herra Sukamo, vastasi nimismies kylmästi.

— Millä perusteilla?

— Neiti Lund kävi eilen puolen päivän aikana asemalla, juuri junan tullessa, hän tapasi siellä tuntemattoman mieshenkilön ja todistettavasti antoi hänelle pienen paketin. Ja herra Sukamo lähetti eilen iltapäivällä postitse kirjatun lähetyksen kultaseppä Hartolalle Helsinkiin. Nämä ovat tosiasioita. Mahdollisuus epäluuloon on siis olemassa.

— Niin, niin leplosoomeja ja schizotyymeja! huokasi tohtori Angervo hiljaa.

Professori vääntelihe tuolillaan ja katsoi pyytävästi toisiin.

— Ei, tämä on kauheaa, Mitä minun on tehtävä? Minun... minun täytyy puhua Margarethille! Hän saa ratkaista... hän... niin on parempi.

Muutaman hetken kuluttua oli huoneessa rouva Arho, entinen laulajatar, kukoistava vanha nainen, henkevä ja iloinen, hyväntahtoinen ja leppeä.

— Mistä on kysymys, kun te kaikki näytätte niin juhlallisilta? hän tiedusti hymyillen kohteliaasti.

Professori selosti katkonaisesti ja hätäisesti. Nimismies huomasi, kuinka väri vaihtui rouvan kasvoilla ja kuinka hänen asentonsa muuttui jännittyneeksi.

— Kadonnut? Mutta kuinka? Kuka sen olisi ottanut? hän huudah-

85

ti kiihkeästi. — Eihän siitä ole tiennytkään muut kuin sinä, minä ja Astrid!

Kolme herraa katsoi hieman yllättyneinä rouvaan. Professori oli todella hämillään. Tiesitkö... tiesitkö sinä Margareth?

Pilkahdus leppeää ylimielisyyttä välähti rouvan silmissä. Mutta hänkin punastui hiukan.

— Oh, sinä rakas... tietysti minä tiesin... minähän luin Tuomon kirjeet... tietysti minä ne luin. Niin että minä tiesin. Ehkä se oli pahasti... mutta eihän niissä ollut mitään salaisuuksia... Ja sitten minä toissapäivänä katselin sitä korua... näytin Astridille... ja sitten se pantiin takaisin. Se laatikko ei ollut työnnetty ihan kiinni, niin ettei se ollut mennyt ihan lukkoon.

— Takaisin? toisti professori. — Mutta kotelo oli tyhjä eilen.

Rouva näytti epäuskoiselta. — Katsokaas, minä otin sen korun koteloineen ja näytin sitä omassa huoneessani Astridille. Sitten kuulin tohtori Angervon tulevan, pistin korun lippailleen sohvatyynyn alle ja pyysin Astridia viemään sen paikoilleen johdattaessani tohtoria muualle...

— Mutta kotelo oli tyhjä, vaikeroi professori. — Tietäisikö Astrid ehkä...?

— Rouva Arho näytti pelästyneeltä. Ah, sitä on niin vaikea kysyä. Tietysti hän vei sen paikalleen eikä tiedä siitä enempää. Mutta ehkä on sittenkin paras kysyä. Tämähän on ihan selittämätöntä.

Rouvan poistuttua katsahti nimismies, toisiin. — Laatikko ei siis ollut lukossa. Koru on ollut vapaasti otettavissa.

Tohtori Angervon tieteellinen minä oli tyytyväinen ja rauhallinen. Neiti Lund oli kieltämättä ruumiiltaan leptosoomi ja sielultaan schizotyymi. Hänessä piili mahdollisuus rikokseen. Enempäähän tohtori ei ollut väittänytkään, ei voinut väittää. Ja nyt näyttivät kylmät tosiasiat todistavan hänen päätelmänsä.

Professori Arho ei ollut tyytyväinen eikä rauhallinen. Hän eli hiljaista elämää eikä hän tosiaankaan halunnut mistään hinnasta järkyt-

tää Margarethin ja neiti Lundin välejä. Hän ei tullut ajatelleeksi sitä-
kään, että hänen ylevä ja henkevä Margarethinsa luki hänen kirjei-
tään... tosiaankin kyllä viattomia kirjeitä... ja että Margareth oli
utelias... lapsellisen utelias... että hän tahtoi nähdä lahjansakin etu-
käteen... niinkuin lapset jouluna.

Sitäpaitsi, tänään oli kulunut kolmekymmentä vuotta siitä päi-
västä, jolloin hän oli nähnyt Margarethin... tuossa tuokiossa tulisivat
juhlavieraat... muutkin ... Ei, juhla oli tärkeämpi kuin tuo koru!

Hän hyvästeli nimismiehen rakastettavasti, mutta tarmokkaasti.
Hän vakuutti, että koru kyllä löytyisi... se oli tietysti vain muuten
hukkautunut ja että mistään syytöksestä ei voisi olla kysymyskään.

Neljännestunnin kuluttua tuli rouva Arho herrojen luo. Hän oli
hillitty ja varma.

— Astrid kertoi. Hän teki ihan niinkuin minä sanoin. Hän vei
rasian sitä avaamatta pöydänlaatikkoon. Hän ei tiedä mitään muuta.

— Oh, antakaamme sen olla, väheksyi professori. — Ehkä minä
olen sen itse hukannut. Kyllä se löytyy ja minun täytyy vain pyytää si-
nulta anteeksi, etten voi antaa sinulle tänään toista sopivaa lahjaa.

Hän katsoi rakastuneesti vaimoonsa ja tohtori Angervo poistui
hiljaa ja huomaamattomasti.

* * *

Puutarhan käytävät olivat lakaissut, mutta nurmikot olivat lumen
peittämät paikkapaikoin. Ruusuistutusten lehti- ja havusuojuskasat
näyttivät isoilta myyränkummuilta.

Tohtori Angervo käveli hiljalleen pitkin käytäviä. Joukko vieraita,
äsken junalta saapuneita, oli parhaillaan kotiutumassa kartanoon, ja
tohtorilla oli viimeinen hyvä tilaisuus käyskennellä ulkona ennen
juhlaillallisten alkua.

Hän oli vilpittömästi hyvillään, että kiusallinen välikohtaus oli
tahdottu unhoittaa. Jutussa oli jotakin uskomatonta. Oli vaikeaa, ko-

vin vaikeaa sovelluttaa teorioita esimerkiksi neiti Lundiin, vaikka, toiselta puolen: eikö hän teoreettisesti ollut oikeassa? Olihan neiti Lund ollut tavallaan luvattomilla poluilla, olihan hän esiintynyt tavallaan petollisesti ja omavaltaisesti ainakin professoriin nähden.

Mutta muuta, niin, sitä oli vaikea uskoa. Ja juuri siksi, että rouva Arho tiesi neiti Lundin käsitelleen korua. Täytyihän neidin silloin ymmärtää, että epäluulo voisi langeta häneen tai että häneltä ainakin tiedusteltaisiin.

Ilma oli raikasta ja kirpeää, läpikuultavaa ja kimaltelevaa. Tohtori löi lujasti keppinsä maahan ja hengitti syvään.

Muutaman havusuojuksen luona kisaili kaksi professorin koiraa, kaksi pehmeää ja notkeaa setteriä, toinen mustavalkoinen, toinen punertava. Ne kietoutuivat ikäänkuin toisiinsa, kierivät ympäri, juoksivat, kaatuivat ja muodostivat yhden pehmeän kerän. Mutta ne eivät päästäneet ääntäkään, vaan hengittivät hiukan kuuluvasti.

Tohtori pysähtyi katselemaan rotueläinten leikkiä. Ne huomasivat hänet, pysähtyivät, jäivät seisomaan vastakkain ja toinen äkkiä painoi kuononsa havujen sekaan ja sieppasi jotakin hampaisiinsa. Se lähti juoksemaan aivan suoraan tohtoria kohti.

Vaistomaisesta leikkihalusta tohtori kumartui ja tarttui koiran kaulahihnaan sen yrittäessä sivuuttaa hänet. Koira antautui vastustelematta pudottaen samalla suustaan käytävälle jonkin esineen.

Vilkaisu riitti tohtorille: mustavalkoinen setteri oli tuonut hänelle kadonneen korun.

Hän otti sen käteensä ja pisti taskuunsa. Ja sitten hän nauroi, nauroi... hän katseli koiraa, joka ihmetteli hänen iloisuuttaan... tuo koirahan... sehän oli selvä leptosoomi koirakunnan keskuudessa, kapea ja laiha... ja ilmeisesti sillä oli rikollisia vaistoja... se liikkui kaikkialla kartanossa... Tietysti rouva Arho ei ollut pannutkaan korua takaisin rasiaan... ja neiti Lund oli palauttanut sen tyhjänä paikalleen... ja koira oli sen löytänyt sohvalla loikoessaan, oli leikkinyt sillä ja kuljettanut sen kai kätköön tuonne havusuojukseen!

Tohtori sovitti kävelykeppinsä koukkupään koiran kaulahihnan alle.

— Kas niin, leptosoomi, lähdetäänpä nyt selvittämään rikosta! hän sanoi kääntyen kartanoa kohti.

Ja koira, setteriluonteensa mukaisesti, seurasi häntä nöyränä ja liehittelevänä ja täysin tietämättömänä niistä syvällisistä tieteellisyyksistä, jotka parhaillaan naurattivat hänen kuljettajaansa.

Yövuoro

Tornikatu ulottui syvänä mustana rotkona mäelle, missä se ja koko maailma näytti päättyvän kevättalven yön terässiniseen, palavatähtiseen taivaaseen. Sähkölyhtyjen harva rivi reunusti sen pohjaa ja sen äkkijyrkillä laitamilla kiilsi himmeästi pimeitä ikkunatuhansia. Ilkeä tuuli nuoli sen rosojäistä pohjaa suhisten ja vingahdellen joissakin liikekilvissä.

Järjestyskonstaapeli n:o 67 Toivo Raikas asteli pitkin huonosti hiekoitettua jalkakäytävää. Saappaitten kumikannat iskeytyivät lujasti ja pehmeästi maahan.

Tornikatu oli pitkä, pimeä ja rauhallinen. Sen varsilla oli korkeita, vanhoja taloja, pelkkiä liikkeitä ja konttoreita, ei ainoatakaan huvipaikkaa ja niin konstaapeli Raikas sai astuskella yksin.

Häntä puistatti. Viime tunnin aikana häntä oli puistattanut jo useamman kerran. Hänen vuoronsa päättymiseen olisi vielä monta tuntia eikä kevättalven yö tuulennuolemalla syvällä kadulla ole terveellinen jykevälle järjestyskonstaapelillekaan.

Häntä vilutti ja hän uumoili, että hän oli vilustunut ja että mahdollisesti influenssa aikoi pesiytyä häneen jäljelläolevina tunteina.

Hän kulki Tornikadun vanhan apteekin sivuitse. Hän vilkasi suuriin, pimeisiin ikkunoihin. Hän ajatteli, että annos mixtura simplexiä taikka kiniinikapseli olisi paikallaan. Mutta konstaapeli Raikas oli arka ja häpeilevä mies. Hänestä tuntui ilkeältä soittaa yökelloa ja ilmestyä sitten unisen farmaseutin eteen — iso vahva mies — ja pyytää jotakin sellaista lastenlääkettä kuin mixtuuraa.

Hän kulki edelleen ja todisti Tornikadun rauhaa. Hänestä tuntui siltä niinkuin hänet olisi tänne palkattu pelkästään sitä todistamaan. Tornikadulla ei tapahtunut mitään, ei päivällä eikä yöllä.

Hän kääntyi. Kadunkulmassa hänen ohitseen, takaapäin tullen, meni vanha nainen kiireisin askelin. Konstaapeli Raikas ihmetteli, mikä asia oli saanut mummon liikkeelle tähän aikaan yöstä. Häntä puistatti, kun hän ajatteli rauhallista, lämpöistä vuodetta.

Kauempana hänen edessään välähti äkkiä kaksi isoa ikkunaa valoisiksi. Hän tihensi askeleitaan. Tornikadun apteekkiin oli sytytetty valot. Kas niin, nyt hän huomasi vanhan naisen seisovan apteekin ovella. Hän oli ollut siis liikkeellä hakeakseen lääkkeitä.

Konstaapeli Raikas ehti apteekin ovelle juuri kun sitä avattiin. Hän tunsi kiusauksen ylivoimaiseksi: nyt, kun kerran apteekin päivystäjä joka tapauksessa oli herätetty, hänkin voisi pyytää jotakin vilunlääkettä.

Ovi avattiin. Valkotakkinen apteekkilainen jätti sen auki ja laski tulijat sisään nousten itse ensimmäisenä ylös. Hän oli vilkaissut erittäin omituisesti poliisi Raikkaaseen. Konstaapelia oikeastaan hävetti, mutta hän ei voinut enää kääntyä takaisinkaan. Hän nousi vanhan naisen jäljessä ja sulki oven.

Päivystäjä näytti hämmästyneeltä ja epätietoiselta. Ilmeisesti hän ei vielä ollut oikein toipunut syvästä iltaunesta.

— Mitä saisi olla? hän tiedusti matalalla äänellä laskien lasiselle myyntipöydälle isot, karkeat kätensä.

Vanha nainen katsoi häntä pitkään.

— Te taidatte olla uusi täällä? Eikö herra Leikola olekaan yövuorossa? hän tiedusti.

Mies pudisti päätään.

— Ei, ei hän ole. Hän sairastui äkkiä. Hän pyysi minua tänne. Olen hänen ystävänsä ja myös apteekkilainen... hm...

Mummo näytti tyytymättömältä.

— Eikä täällä tietysti ole proviisoria eikä apteekkaria! hän totesi tietävänä. — No, minun tyttärenipoika on taas sairaana... huutaa, ei nuku... valvottaa meitä koko yön... sillä on nähtävästi vatsa epäkunnossa... niin että jos saisi jotakin siihen.

— Vatsa? apteekkilainen sanoi pitkäveteisesti. — Niin... tuota... onko se... hm löysä vai ei...

Mummo pudisti päätään.

— Emme tiedä... ei saa selvää... mutta kovasti se huutaa.

Ja sitten mummo antoi kuvauksen, joka oli varmasti perinpohjainen, vaikkakin vaikeatajuinen. Apteekkilaisen isot, karkeat kädet liikahtelivat hermostuneesti ja hänen verevillä kasvoillaan oli tuskainen ja kiusaantunut ilme. Hänen katseensa kohdistui tavan takaa konstaapeli Raikkaaseen.

Äkkiä apteekkilainen keskeytti mummon sanatulvan.

— Tiedän... tiedän... Minä annan heti... se auttaa varmasti.

— Mutta se ei saa olla mitään kallista, mummo kimitti hänen jälkeensä.

Apteekkilainen katosi viereiseen huoneeseen sulkien oven jäljessään. Parin minuutin kuluttua hän palasi kädessään pienehkö pullo, jonka hän kääräisi paperiin.

— Kas tässä... teelusikallinen joka toinen tunti... kolme markkaa!

Hän sujautti käärön mummolle ja otti vastaan rahat heittäen ne kassakoneen reunalle. Mummo kiirehti ulos ja päivystäjä kääntyi kiusaantuneesti hymyillen konstaapeli Raikkaan puoleen. Hänen näytti olevan vaikea puhua. Mies oli jollakin tavoin poissa suunniltaan sen vaikutuksen ainakin konstaapeli sai. Hänkin hymyili hiukan arasti ja vaivautuneesti.

— Alkoi tuo kevät yö vähän vilustaa, niin että pyytäisin pikkupullon punaista mixtuuraa... sitä mixtura simplexiä, hän esitti kohteliaasti.

Myyjä nyökkäsi kiireesti.

— Jaha... jaha... kyllä minä heti...

Hän poistui toiseen huoneeseen ja toi paperipäällysteisen pullon.

— Se olisi kaksi markkaa!

Konstaapeli Raikas silmäsi häntä ihmeissään. Mies näytti olevan tottumaton, sillä ilmeisesti hän erehtyi hinnassa. Konstaapeli oli joskus aikaisemminkin ostanut samaa ainetta ja maksanut paljon pienemmästä pullosta viisi markkaa. Hän huomautti tästä.

Myyjän kasvoille levisi kiukkuinen ilme.

— Minä en erehdy, hän tokaisi jyrkästi. — Lääkeaineitten hinnat ovat paljon huoistuneet.

Konstaapeli ei sanonut enää mitään, vaan ojensi miehelle viidenkymmenenmarkan setelin. Hänellä ei ollut pienempää.

Mies näytti neuvottomalta. Hän vilkasi kassakonetta, vilkasi seteliä sekä sen antajaa ja pudisti päätään. Hän tapaili sanoja.

— Minä en voi vaihtaa, hän lopuksi selitti. — Asia on nähkääs niin, että kassakone meni epäkuntoon. En kai osannut sitä käyttää. Enkä saa sitä nyt auki. Niin että ehkä herra konstaapeli maksaa huomenna... eihän se mitään merkitse...

Hän ojensi pulloa ja konstaapeli Raikas otti sen vastaan. Samassa ilmestyi ulkoportaista pieni heiveröinen vanha mies, joka siristeli silmiään lasiensa takaa. Konstaapeli kumarsi moitteettomasti. Hän tunsi tohtori Karhin.

Tohtori, ystävällinen vanhaherra, tervehti esivallan edustajaa kädestä.

— Kas vain, Raikas, mikäs on vaivana? hän virkahti iloisesti.

— Rupesi tuolla ulkona viluttamaan, niin että hain vähän mixtuuraa.

— Niin, onpa influenssapahus kyllä liikkeellä tällaisena yönä, on kuin onkin. Ja mixtuura... niin, sehän kyllä pätee... Minäkin olen saanut olla liikkeellä melkein yötä päivää... väsyy tässä jo... Mutta unta ei saa... pitää hankkia minunkin vähän unennarraajaa...

Konstaapeli poistui kadulle. Vanha lääkäri kaivoi taskustaan paperin ja ojensi sen jäykistyneelle apteekkilaiselle. Tohtori laski pienen käsilaukkunsa myyntipöydälle ja silmäsi sitten reseptin vastaanottajaa.

— Kas vain, tehän taidattekin olla uusi täällä? hän totesi. — Mikäs on Leikolle ja muille tullut?

Myyjä yskäsi muutaman kerran. Herra Leikola sairastui ja hän pyysi minua sijaansa... Olen... hm ... myös apteekkilainen... ollut sairaana enkä ole saanut vielä paikkaa.

Vanha tohtori katsoi miestä ihmetellen.

— Niin voi sitten näkö pettää tällaisen vanhankin ketun kuin minut, hän hihitti. — Jos minulta joku olisi kysynyt teidän tilaanne, niin minä kyllä olisin sanonut, ettette te ole ikinä sairastanut edes hammassärkyä... Mutta niinpä voi erehtyä... Niin, tuota... sekoittakaa tämä sitten hyvin... Minä tässä istun ja odottelen ...Hän, apteekkari ei taida olla kotosalla?

— Ei, hän on matkoilla, myyjä vastasi varmasti.

— Niin, niin, niin minä muistelenkin... jotain hän siitä sanoi... no niin, ja proviisori on nukkumassa... niin, niin... mutta osaattehan te?

Mies hymyili omituisesti.

— Pitäisihän minun osata.

— Niinpä niin, tietysti... tietysti...

Ja vanha lääkäri istahti pöydän ääreen ja ryhtyi selailemaan vanhoja yleisölle tarkoitettuja kuvalehtiä. Apteekkilainen katosi toiseen huoneeseen.

* * *

Apteekkari Kirvan upeasti sisustetussa kirjastohuoneessa oli kolme miestä. Yhdellä heistä oli yllään apteekkilaisen pitkä valkoinen takki, toinen oli tavallisessa kavaijipuvussa ja kolmas istui puolipukeisena nojatuolissa, kädet selän takana.

Valkotakkinen mies piteli kädessään paperia, jota hän koetteli kirkkaan lampun valossa lukea. Hänen yrityksensä epäonnistui ja nojatuolissa istuvan puolipukeisen miehen kasvoille levisi tuskin huomattava hymy. Niitä oli paljon, paljon sellaisia kokeneita apteekkilaisia, jotka eivät saaneet selvää tohtori Karhin hieroglyyfeistä.

Valkotakkinen mies näytti pelästyneeltä ja kärsimättömältä, toinen vain kärsimättömältä.

— No etkö saa mitään selvää? tämä tiedusti valkotakkiselta.

— En, etkä saa sinäkään. Ei tämä ole mitään kirjoitusta, tämä on pelkkää salakirjoitusta. Minä en saa selvää ainoastakaan sanasta, tuskin ainoastakaan kirjaimesta.

— No miten selvitit muut?

Valkotakkinen nauroi hiljaa ja häijysti.

— Mummo ja konstaapeli saivat mitä saivat, mutta tälle ei uskalla niin antaa, kun tämä on tohtori. Kuulin konstaapelin sanovan häntä tohtoriksi.

Toinen teki merkitsevän liikkeen päällään kohti nojatuolissa istuvaa miestä.

— Auttakoon tuo!

Miehet silmäilivät toisiaan hetkisen, vaihtoivat pari kuiskattua sanaa ja lähenivät kolmatta. Tämän käsistä päästettiin koristeelliset pellinnyörit, mutta samalla ilmestyi kahden miehen käteen isokokoinen pistooli.

— Te luette ja laitatte tämän! valkotakkinen sanoi matalasti ja uhkaavasti. — Eikä ääntäkään taikka...

Vapautetulle miehelle ojennettiin kiusallinen valkoinen paperi. Hän tutki sitä hetkisen tarkkaavasti ja nyökkäsi sitten.

— Hyvä on! hän sanoi ja lähti ovea kohti. Toiset kaksi seurasivat häntä pistoolit valmiina. Heidän askeleitaan ei kuulunut, sillä heillä oli kalossit.

Kolmas mies otti laboratoriohuoneessa käteensä pienen pullon, asetti sen vaakaan ja kaatoi siihen jotakin valkoista ainetta. Sitten hän kaatoi siihen vielä kuutta eri ainetta, minkä jälkeen hän otti pienen pullon ja alkoi sitä heiluttaa.

Hänen vartijansa seurasivat tarkasti hänen toimiaan. Viiden minuutin kuluttua he alkoivat osoittaa jo kärsimättömyyden merkkejä, mutta samassapa kolmas jo ojensikin pullon heille. Pistoolit viittasivat silloin sisäovelle, mutta sekoittaja pudisti päätään.

— Resepti! hän kuiskasi pelokkaasti.

— No kirjoittakaa sitten! valkotakkinen kähisi.

Mies kirjoitti toisten häntä vartioidessa ja tarkkaillessa hänen kirjoitustaan selän takaa. Hän liimasi reseptin pullon kylkeen, kääräisi pullon paperiin ja ojensi sen valkotakkiselle. Toinen mies ohjasi hänet sisäovea kohti, valkotakkinen pisti pistoolin taskuunsa ja astui apteekkiin.

Tohtori Karhi oli syventynyt kuvalehtiin. Hän katsahti tulijaan. Jaha... jaha... sepä kävikin nopeasti ... kiitos vain ... Tohtori nousi ja avasi käsilaukkunsa, minkä jälkeen hän alkoi kaivella lompakkoaan. Valkotakkinen pisti pullon laukkuun ja sulki oven. Sehän on kahdeksansantoistakaksikymmentä? tohtori kysäisi. Aivan niin, valkotakkinen vakuutti helpoituksesta huokaisten.

Tohtori maksoi, hyvästeli ja poistui. Valkotakkinen odotti, kunnes hän oli poistunut, sammutti sähkön ja livahti sisähuoneisiin.

* * *

Konstaapeli Raikas pohjaltaan inhosi mixtuuraa. Hänellä oli siinä suhteessa terve maku. Hän muisti, että Tornikadun toisessa päässä oli hevostenjuottoallas. Siinä oli vesijohto. Hän voisi saada vettä. Hän kaivoi taskustaan paksua paperia ja kiersi siitä kävellessään mukiinmenevän juoma-astian.

Altaan luona hän kaivoi rohtopullon taskustaan ja repäisi paperia. Hänen silmänsä levisivät suuriksi. Pullossa ei suinkaan ollut kirk-kaanpunaista mixtuuraa, siinä oli sakeampaa väritöntä nestettä ja sen kyljessä paistoi etiketti, joka tiedoitti, että pullo sisälsi parasta puh-distettua kalanmaksaöljyä, erittäin sopivaa lapsille ja heikoille toipu-ville sairaille.

Kalanmaksaöljyä! Mitä lemp... hänhän oli pyytänyt mixtuuraa ja mixtuura oli yhtä etäällä kalanmaksaöljystä kuin... Ja että apteekissa erehdyttiin... erehdyttiin näin perusteellisesti!

Konstaapeli Raikas pisti pullon taskuunsa ja lähti kävelemään ta-kaisin. Hän ajatteli. Hän ei ollut mitenkään salamaälyinen, mutta hä-nellä oli verraton huomiokyky, vaikka hän ei heti paikalla osannut tehdä kaikkia johtopäätöksiä.

Hänelle muistui mieleen muuan pikkuseikka: valkotakkisella ap-teekkisijaisella oli ollut kalossit jalassa. Aivan varmasti. Hän muisti ne nähneensä. Mutta mitä varten hänellä olivat kalossit? Hänhän oli ollut tai ainakin hänen olisi pitänyt olla makaamassa eikähän apteek-kilaistenkaan tarvitse nukkua kalossit jalassa.

Konstaapeli Raikas ponnisteli näitten tosiasioitten kanssa, hän painiskeli hengessään. Kalanmaksaöljyä mixtuuran asemasta ja kalos-sit! Hm, eikä kassakone toiminut! Eikä hinta ollut kuin entinen. Kah-della markalla tällainen pullollinen mixtuuraa! Ei, jotakin oli hullusti. Olisikohan tuo satunnainen sijainen... hm, tullannut apteekin eräitä varastoja... olisiko hän ehkä sekoitellut itselleen liiemmälti virkistä-viä konjakkisekoituksia? Vai... vai olisiko hän ehkä joittenkin muit-ten... pahempien huumausaineittenkäyttäjä? Hän ei näyttänyt olevan liikutettu...mutta omituinen hän oli ollut... ja jos jotakin oli hullusti, niin... Konstaapeli Raikkaan mielikuvitus ei ollut nelistävä, mutta hän saattoi hyvin kuvitella, mitä kaikkea sekaannusta, vaaraa ja ikävyyttä voisi tolkuton apteekkiapulainen aiheuttaa.

Oikeastaan... hänhän voisi mennä apteekkiin uudelleen ja vaatia vaihtamaan saamansa pullon. Sehän olisi kohtuullista ja ymmärrettä-vää.

Muutaman porraskäytävän ovi kävi ja konstaapeli tunsi tohtori Karhin kiiruhtavan kadulle. Kun pieni mies huomasi konstaapelin, hän viittasi kädellään.

— Konstaapeli, pelkään että siellä apteekissa on jotakin hullusti! hän huohotti kiireissään ja heilutti pulloa kädessään. — Halusin saada sieltä muutamia rauhoittavia, unta-antavia pulvereita, mutta ne antoivat minulle jotakin lemmon... ihan lemmon käsittämätöntä sotkua ja reseptiin on kirjoitettu päättömyyksiä... ihan olemattomuuksia... Liekö tuo apteekkilainen hullu? Lisäksi reseptissä oli kahteen kertaan SOS ja sehän merkitsee vaaraa ja hätää! Minä lähden uudelleen sinne. Tulkaa mukaan!

Konstaapeli pysähtyi aivan ällistyneenä.

— Siellä on jotakin hullusti, hän päätti jäykästi. — Minä sain mixtuuran asemasta kalanmaksaöljyä.

Miehet lähtivät kiireisin askelin kulkemaan pitkin vähävaloista Tornikatua, Raikas aprikoivana, tohtori tuohtuneena. Kun he lähestyivät apteekkia, jokin olento näkyi seisovan sen oven edustalla. Konstaapeli tunsi hänet vanhaksi naiseksi, joka oli hakenut lääkettä vatsavaivaiselle tyttärenpojalleen. Mummo paineli yökellon nappia, mutta apteekki pysyi pimeänä.

Nainen tunsi konstaapelin. Hän kääntyi tätä kohti. No, sehän on ihme ja kumma, etteivät avaa! hän toimitti.

— Antoivat minulle... missä lie sillä uudella miehellä silmät olleet... antoivat minulle lapamatolääkkeen... puolitoistavuotiaalle lapselle annettavaksi... Kyllä minä, kunhan Leikola tulee tai apteekkari tai proviisori...

Miehet katsahtivat toisiinsa. Konstaapeli painoi yökelloa pitkään ja voimakkaasti. Mikään ei osoittanut, että sisällä olisi kuultu soittoa, vaikka se kuului kadullekin.

Konstaapeli vihelsi äkkiä hiljaa ja tarttui ovenkahvaan. Ovi oli tuskin huomattavasti raollaan. Hän avasi sen.

— Se on auki! Jopa nyt...!

He astuivat kaikki sisään, mummo ensimmäisenä, sitten tohtori ja konstaapeli viimeisenä. Samassa Raikkaan korviin sattui uusi outo ääni: oli kuin jossakin lähellä olisi avattu jykevää ovea. Hän peräytyi askeleen verran ja silmäsi kadulle. Viereisestä porraskäytävästä oli ilmestynyt kaksi miestä, joilla kummallakin oli matkalaukut, kantotavasta päättäen raskaat. He kurkistivat molemmin puolin ja lähtivät liikkeelle.

Konstaapeli Raikas oli toiminnan mies ja hän oli hyvillään, että hänen saappaissaan olivat kumipohjat. Hän ryntäsi miesten jälkeen ja ilmestyi heidän rinnalleen kuin äänetön huuhkaja. Molemmat miehet päästivät huudon, molempien matkalaukut lennähtivät katuun ja molemmat miehet yrittivät lähteä pakoon. Se jäi pelkäksi yritykseksi, sillä samassa kun heidän korviaan viilsi poliisipillin terävä ääni, samassa heidän kummankin niskaan tartuttiin. He olivat heiveröisiä miehiä konstaapeli Raikkaan kourissa. Raikas oli sekuntia ennen tuntenut toisen miehen valkotakkiseksi sijaiseksi, joka oli hänelle tyrkyttänyt pullollisen kalanmaksaöljyä. Miehet vastustelivat, mutta ennenkuin kumpikaan oli ehtinyt saada pistoolin käyttökelpoiseen asentoon, molemmat aseet lennähtivät kauas iljanteiselle kadulle.

* * *

— Kaikki tapahtui perin nopeasti ja yksinkertaisesti, farmaseutti Leikola selitti puolisen tuntia myöhemmin poliiseille, joitten keskellä seisoivat äskeiset kaksi miestä samalla kun tohtori Karhi ja mummo seurasivat syrjästä öisen seikkailun ratkaisua. — Kello yhdentoista tienoissa soi yökello. Avasin, ja kun miehet olivat päässeet sisään, näin kaksi pistoolia. Minut oli yllätetty. Näillä herroilla oli mukanaan sähköpora ja sen avulla he ryhtyivät murtamaan apteekkarin kassakaappia. Minut sidottiin. Mutta sitten tuli kävijöitä. Tämä toinen vetäisi ylleen valkoisen takin ja meni vastaanottamaan. Heidän työnsä ei nimittäin ollut tehtävissä muutamassa hetkessä ja pelkäsivät ilmituloa, ellei apteekkia avattaisi. No niin, tämä vanharouva on saanut matolääkettä vatsatippojen asemasta ja konstaapeli kalanmaksaöljyä vilustumiseen. Mutta tohtorin resepti oli ylivoimainen. Minut pakotettiin se selvittämään. Minä laitoin sotkun, sillä laskin tohtorin sen huomaavan heti, kun kyse oli pulvereista, mutta seos olikin pullossa. Tohtori ei kuitenkaan huomannut, koska herrasmies sai sen asetetuksi hänen laukkuunsa tohtorin näkemättä. Mutta kotona tohtori huomasi. Ja konstaapeli Raikas huomasi ja epäili myös, niinkuin olette kuullut, ja ellei häntä olisi ollut, nämä lurjukset olisivat tiessään mukanaan apteekkarin kalleudet. Niinpä niin, ei olekaan niin helppo esiintyä apteekkilaisena suoraa päätä näinkin suuressa apteekissa ja varmasti juuri konstaapelin ilmestyminen on heidät lopullisesti hermostuttanut. Siinä kaikki. Ja nyt, jos saan luvan, voin teille kaikille toimittaa oikeat lääkkeet. Missään tapauksessa konstaapeli Raikas ei saa sairastua influenssaan, sillä olen varma siitä, että apteekkari Kirva haluaa hänen kanssaan puhua ja kiittää häntä. Apteekkari kai menettäisi mieluimmin apteekkioikeutensa kuin nuo harvinaisuudet, jotka nyt on pelastettu.

— Ei totisesti, konstaapeli Raikas vastasi hyvillään, — ei totisesti minun ole enää vilu. Pieni reipas liikunto on parasta lääkettä lentsunpoikaselle.

Johtajien johtaja

Matias Vierto hoiti rahoja, jotka eivät olleet hänen omiaan. Niinhän onkin useimmiten laita. Niillä, joilla on vähän rahaa, ei niissä ole hoitamista. Ne, joilla on enemmän, palkkaavat tavallisesti toisia niitä hoitamaan.

Matias Vierto hoiti Oitti & Poika Oy:n kassaa, oli hoitanut jo vanha ukko Oitin aikana ja hoiteli nytkin, kun jo pojanpoikaa sanottiin nuoreksi johtajaksi. Ukko oli ollut Vilhelm ja pojanpoika Eino.

Ja Matias Viertoa sanottiin johtajien johtajaksi. Ei tosin hänelle itselleen, mutta sitä enemmän seläntakana ja niin yleisesti ja kauan, että Matias itsekin sen tiesi. Hän ei siitä pahastunut. Tietysti sillä oli tarkoitus pilkata häntä, mutta hän oli niitä, joihin ei aiheeton pilkka pysty.

Itse asiassa se ei ollut ihan aiheeton. Matias Vierto oli ollut kolmekymmentäkuusi vuotta tehdasliikkeen asioissa. Hän oli hoitanut yhä paisuvat leiviskänsä hyvin. Hän tiesi kaikki. Hän tunsi kaikki. Oli selvää, että hän oli johtaja. Olosuhteiden pakosta ja ilman mitään ulkonaista nimitystä.

On ihmisiä, jotka pyrkivät elämään omaa, itsenäistä elämäänsä. Mutta on myös ihmisiä, jotka pyrkivät elämään toisten rakastamainsa ja kunnioittamainsa ja ihailemainsa henkilöitten elämää.

Matias Vierto oli näitä jälkimäisiä. Omalla tavallaan. Hän ei tosin pyrkinyt elämään isäntiensä ja johtajiensa elämää sinänsä. Hän eli yhtiön elämää. Oitti & Poika Oy:n elämää. Tehdas oli hänelle kaikki, ja koti, vaimo ja lapset sivuasioita, omassa rajoitetussa piirissään tosin tärkeitä ja huomionarvoisia, mutta sittenkin vähäisiä tehtaaseen nähden.

Hän oli kassanhoitaja ja konttoripäällikkö. Johtaja Vilhelm Oitti sinutteli häntä ja hän sinutteli johtajaa. Hän sinutteli myös Eino Oittia, joka nimitti häntä sedäksi.

Matias Vierto ei tehnyt virheitä. Mikään monimutkainen kassakone ei voinut olla tarkempi kuin hän. Tehtaan insinööri oli kerran piloillaan väittänyt, että Matias oli hänelle, tiliä maksaessaan, antanut viisikolmatta penniä liikaa. Hän ei laskenut tällaista pilaa enää toista kertaa. Matias Vierto otti todistaakseen hänen pilansa vääräksi. Hän todisti sen. Ja insinöörin anteeksipyynnöstä huolimatta Matias Vierto suhtautui häneen senjälkeen kylmästi ja pidättyvästi neljättä vuotta.

Yksityiselämässään Matias Vierto ei ollut saituri eikä itara. Mutta kassanhoitajana hän oli monesti hankala. Oli kuin jokainen markka, joka hänen täytyi maksaa kassasta, olisi kirvellyt hänen sydäntään. Hän oli periaatteellisesti ja jyrkästi jokaista palkankorotusta ja hinnanlisäystä vastaan. Ennakkomaksuja hän inhosi ja monesti raukesivat johtajan ponnistukset turhiin tässä suhteessa. Johtaja keksi hiljaisuudessa välittävän keinon: hän alkoi pitää pientä yksityiskassaa, josta jotkin ennakkomaksut saatettiin suorittaa. Mutta johtaja pelkäsi, että tämä keino tulisi kassanhoitajan tietoon.

Kolmekymmentäkuusi vuotta Matias Vierto oli hoitanut yhtiön tuloja ja menoja. Pikkumaisinkaan tilintarkastus ei ollut kyennyt milloinkaan toteamaan pienintäkään virhettä, ylijäämää, vajausta. Mutta tilien todistus oli vain negatiivinen. Niistä ei käynyt selville, kuinka paljon Matias Vierron tarkkuus, itaruus ja äärimmäisen kylmä harkinta olivat tuottaneet voittoa, estäneet harkitsemattomista sijoituksista, ylellisyydestä, lahjoittelusta ja monen monista muista varojen menetyksistä. Ne eivät ilmikäyneet tileistä, mutta yhtiö kyllä ne tiesi.

Ja juuri samana vuonna, jolloin yhtiö hiljaisuudessa varustautui viettämään toimintansa viidettäkymmentä ja kassanhoitajansa kuudettakymmenettä ikävuotta — tehdas oli tosiaankin toiminut neljätoista vuotta ennen Matias Vierron tuloa sen palvelukseen — samana vuonna Matias Vienon pienen pieni huolimattomuus tuotti yhtiölle puolenmiljoonan markan vahingon.

Likipitäin tällainen oli kertomus ja luonnekuva, jonka poliisikapteeni sai johtaja Vilhelm Oitilta istuessaan tämän yksityisasunnon kirjastohuoneessa. Ikkunat olivat auki puutarhaan, missä kimalaiset surisivat valkoisten kukkien painosta notkuvissa ruusupensaissa ja missä sinipunervat liljat loistivat pitkissä riveissä.

Poliisikapteeni rummutti huomaamattaan sormillaan pöydänreunaa. Hänellä oli paljon ajattelemista ja ennenkaikkea hän ajatteli kassanhoitaja Matias Viertoa, jonka ensimäisen virheen — kolmeenkymmeneenkuuteen vuoteen — seurauksia hänet oli kutsuttu tutkimaan.

Poistuessaan eilen, lauantaina, tehtaan konttorista, oli Matias Vierto epäilemättä unohtanut asettaa erään ikkunanhaan paikalleen.

Ei mitään muuta.

Ja yöllä oli konttorin kassakaapista kadonnut lähes puolimiljoonaa markkaa.

Poliisiupseeri tiesi tosiasiat. Hän oli myös tutkinut näyttämön. Tapauksen kulku näytti melko selvältä.

Ensimäisenä keksi asian tehtaan yövahti. Hänen kertomuksensa oli pääpiirteissään ehdottomasti oikea, vaikka siinä oli muutamia pikkupiirteitä, jotka ehkä oli keksitty. Yövahti ei ollut mikään mallikelpoinen toimensa hoitaja. Epäilemättä hän viime yönäkin oli joko nukkunut tai istunut muualla, sillä muuten hänen olisi täytynyt tapaus huomata aikaisemmin. Joka tapauksessa: hän oli aamulla huomannut konttorin erään ikkunan olevan auki ja lisäksi rikki. Se oli lähellä porraskoroketta. Hän oli hakenut jonkin laatikon, noussut sille ja kurkistanut huoneeseen. Hänestä näytti silloin siltä, niin kuin olisi tehty murto. Paperit ja eräät muut esineet olivat huoneessa epäjärjestyksessä. Hän hälyytti.

Johtaja Vilhelm Oitti oli ollut matkalla ja palannut juuri aamulla hiukan jälkeen hälyytyksen. Eino Oitti oli ollut poissa jollakin huviretkellä eikä hän ollut vieläkään palannut. Vilhelm Oitti oli avannut kassakaapin. Sen sisältö oli ollut täydessä järjestyksessä lukuunottamatta sitä, että sieltä kadonnut lähes puolimiljoonaa käteistä rahaa seteleissä.

Poliisikapteeni tutki tapahtumapaikan. Ja tällöin hän tuli siihen tulokseen, että rikollinen ei ollut rikkonut ikkunaa, vaan että ikkuna oli ollut auki ja että lasit olivat särkyneet vasta jälkeenpäin tuulen liikutellessa ikkunaa.

— Puoli miljoonaa! sanoi poliisimies äkkiä. — Eihän teillä liene yleensä tapana säilytellä niin isoja summia kassakaapissa?

Vilhelm Oitti murahti.

— Ei. Vierto ei mielellään säilyttäisi vaihtokupariakaan. Mutta tämä oli poikkeustapaus. Minun oli määrä tänään päättää eräs kauppa, johon tarvitsin tuon summan käteisenä. Pankit eivät ole nyt auki. Ilmoitin eilen puhelimitse Vienolle, että hän järjestäisi asian.

— Oletteko varmistunut siitä?

— Tietysti. Kirjanpitäjä kertoi hakeneensa eilen summan pankista ja Vierron lukinneen setelit kassakaappiin.

— Oletteko ilmoittanut hänelle itselleen?

— En, soitin hänelle... hän asuu parin kilometrin päässä... mutta hänen ilmoitettiin olevan hiukan sairaana ja vielä nukkuvan. Hän kertoi jo eilen olevansa huonovointinen, mikä on kyllä hyvin harvinaista.

— Ketkä ovat olleet tietoisia tuosta puolesta miljoonasta? jatkoi poliisimies.

— Vain harvat: minä, Vierto, kirjanpitäjä, poikani... niin, enpä luule siitä muitten tietäneen...

— Hm... hm... Muuten, mikä liikeasia se oli?

— Se ei nyt asiaan vaikuttane. Mutta eihän siinä ole mitään salailemista. Aioin ostaa Merisaaren loistohuviloineen. Tehdasyrityksemme on paisunut ja muuttanut luonnettaankin. Tarvitsemme edustavan paikan ja vaikka en loistosta välitä, tarvitaan sitä liiketarkoituksiin.

— Ja nyt? Annoin kaupan raueta. Se ei ollut sittenkään mikään välttämättömyys. Myyjä ei joudu kärsimään. Saari huviloilleen ostettaneen aivan heti matkailuhotelliksi.

Poliisikapteeni nyökkäsi päätään. Niinpä niin, puoli miljoonaa oli sentään puoli miljoonaa Oitti & Poika Oy:llekin.

— Muuten, poliisiupseeri sanoi nousten ylös, kenellä on avaimet kassakaappiin?

Johtaja hämmentyi hiukan.

— Ette suinkaan kuvittele, että oikeita avaimia on käytetty? hän tiedusti hieman kiihtyneenä. — No, avaimet ovat minulla, Vierrolla ja pojallani.

Poliisimies katsoi toista rauhallisesti.

— Minä en kuvittele mitään, hän sanoi hiljaa ja lujasti. — Mutta tiedättekö, että pojallanne on velkoja... tuntuvia velkoja... hän on menettänyt rahaa kalliisiin ja toistaiseksi turhiin kokeiluihin .. . ? Tiedän, että olette evännyt häneltä jonkin rahanpyynnön. Tämä on merkillinen tapaus, johtaja Oitti. Kassakaappi on avattu avaimilla, jotka, jos lienevät olleet väärät, joka tapauksessa ovat olleet ihan ensiluokkaiset. Tahtoisin välttämättä keskustella poikanne kanssa, kun hän palaa.

Poliisimies kumarsi jäykästi ja jätti johtaja Oitin istumaan raivoisena ja tyrmistyneenä. Poliisimiehen sanathan saattoivat merkitä mitä hyvänsä.

* * *

Matkailijakodissa, noin kilometrin päässä tehtaasta, nukkui pienessä yläkerran huoneessa Toivo Mikael Kutvola. Tai oikeammin oli nukkunut. Sillä nyt hän oli herännyt ja peräti epämieluisalla tavalla.

Hän istui sängyssä, vastapäätä istui tuolilla poliisikapteeni ja muuan poliisi tutkiskeli Toivo Mikael Kutvolan kahta matkalaukkua.

Kun sattuu olemaan kahdesti tuomittu ja parhaillaan ehdonalaisessa vapaudessa oleskeleva murtovaras,kun toisesta matkalaukusta löydetään hyvin lajiteltu ja ensiluokkainen murtovälineistö sekä lisäksi eräitä arvoesineitä, jotka eivät tunnu olevan oikeassa paikassaan, ja kun kilometrin päässä on tehty ovela ja taitoa osoittava murtovarkaus, silloin asianomaisella on perusteltu syy olla huonolla tuulella.

Toivo Mikael Kutvola oli huonolla tuulella. Poliisikapteenin kysymykset olivat ilkeitä. Kutvola ei voinut niihin vastata täysin uskottavasti. Ennenkaikkea hän ei voinut todistaa, missä hän oli viettänyt suuren osan edellisestä yöstä. Yhtä vähän hän kykeni selvittelemään hienojen työkalujensa laillista tarkoitusta ja hänen vastauksensa arvoesineitten alkuperää ja omistussuhteita koskeviin tiedusteluihin olivat lievimmin sanoen häilyviä.

Murtovarkaudesta hän kieltäytyi, luonnollisesti. Puolta miljoonaa markkaa ei myöskään hänen luotaan löydetty. Sen ei tietysti tarvinnut merkitä mitään. Olihan hän voinut ne piilottaa. Joka tapauksessa oli selvää, että hänen ehdonalainenkin vapautensa oli auttamattomasti lopussa. Työkalut ja arvoesineet olivat riittävä syy ainakin siksi kunnes hän kykenisi todistamaan niiden olevan laillisella tavalla hankittuja laillisiin tarkoituksiin.

Poliisikonstaapelin mielestä, joka saattoi alakuloisen Kutvolan esivallan säilöön, tehtaankonttorin murto oli pääosaltaan selvitetty. Poliisikapteeni sensijaan suhtautui pidättyvästi apulaisensa otaksumiin.

Sillä hänen mielestään ratkaisu oli liian helppo. Muuan pikkuseikka kiusasi häntä. Miksi Kutvola, jos hän kerran oli murron tehnyt, oli jäänyt rauhassa nukkumaan ihan naapuristoon, vaikka oli kokenut rikollinen? Ja maaseutupaikkakunnalla, missä jokainen vieras herätti huomiota? Vai oliko se tarkoitettu viekkaudeksi? Kutvolan välineillä voitiin kyllä vanhanaikainen ja suhteellisen yksinkertainen kassakaappi sekä avata että suikeakin.

Poliisikapteeni hankki ja kokosi tosiasioita. Niitä kertyi hiljalleen ja mitä enemmän niitä kertyi, sitä kiusaantuneemmaksi poliisiupseeri kävi. Sillä ne eivät olleet mitään ilahduttavia tosiasioita siihen nähden, että kapteeni oli johtaja Oitin tuttu.

Jäljet viittasivat kahtaanne. Ensiksi oli Kutvola, joka ei osannut tai tahtonut, mikä merkitsi samaa, tehdä selkoa matkoistaan ja aikeistaan ja työvälineistään. Jos Kutvola olisi tavattu kymmenen kilometrin päässä, olisi poliisimies ollut melkein varma hänen syyllisyydestään. Hän oli ollut liian lähellä ja se juuri ajattelutti.

Toiseksi oli nuori johtaja Eino Oitti. Hän oli luvannut maksaa huomattavan summan juuri tänään. Mistä hän aikoi saada rahat? Ja lisäksi: Eino Oitti oli nähty viime yönä vain sadan metrin päässä tehtaasta... tulossa konttorista päin hänellä oli ollut jokin käärö... ja hän oli noussut autoonsa, joka oli seisonut sivutiellä...

Matias Vierto oli sairaana. Häntä ei oltu vielä kuulusteltu. Se täytyi toimittaa täydellisyyden vuoksi, vaikka vanha kassanhoitaja ei tietysti voinutkaan antaa mitään selvitystä.

Jäykkä, sulkeutunut ilme levisi poliisimiehen kasvoille, kun hän iltapäivällä näki johtaja Eino Oitin auton pysähtyvän portille. Nuori mies löi autonoven kiivaasti kiinni ja kiiruhti sisään. Hän tervehti huolimattomasti ja iski suoraan asiaan.

— Olette tahtonut kuulustella minua? hän sanoi vaativasti.

— Aivan niin, myönsi poliisimies kuivasti. — Missä olitte viime yönä?

— Hm, en halua sitä selvitellä tarkemmin. Omilla asioillani. Mutta jos otaksutte, jos tiedätte, että kävin konttorissa yöllä... niin olette oikeassa... minä kävin... viivyin muutamia minuutteja... ja lähdin...

Tämä tunnustus lausuttiin kuin uhmaten. Eino Oitti katsoi karsaasti virkamieheen.

— Mitä teitte konttorissa?

— Otin muutamia omia papereitani... oman työpöytäni laatikosta... minun tuskin tarvinnee huomauttaa, etten vilkaissutkaan kassakaappiin.

— Hm.

— Kautta taivaan, asia on niin! kimmahti nuori mies. — Kuulin jotakin isältä... ettehän ole niin tylsä, että epäilette minua?

— Minä epäilen kaikkia. Mutta, ja äkkiä poliisimiehen ääni jyrähti, — sen te valehtelette, ettette vilkaissut kassakaappiin!! Te avasittekin sen, minä tiedän. Minulla on sormenjälkenne! Älkää kieltäkö!

Eino Uitin pää painui alas. Hän hengitti raskaasti. Sitten hän nosti päätään.

— No niin, en kiellä. Mutta rahoihin on koskenut. Siellä ei ollut mitään rahoja. Minä... aioin ottaa muutamia arvopapereita ... pantata ne... mutta sain yöllä asiani järjestymään.

— Miten?

— Minä... mutta tämä on keskeinen salaisuutemme... minä lainasin morsiameltani... tai siltä, joka tulee morsiamekseni...

— No niin, tämä kuulostaa jo toiselta. Voin tarkistaa tunnustuksenne. Siis rahoja ei ollut enää silloin? Ettekö epäilleet murtoa?

— Minulle ei juolahtanut se mieleenkään. Otaksuin, että Vierto oli asettanut rahat jonnekin muualle. Kassakaapissa ei milloinkaan säilytetä suuria summia.

* * *

Toivo Mikael Kutvola koetti olla viattoman ja väärinsyytetyn näköinen istuessaan vastapäätä poliisikapteenia. Hänen ilmeensä ja eleensä eivät tehonneet tähän.

— Te ette siis tiedä mitään tehtaan konttorissa sattuneesta murrosta? toisti poliisimies kysymyksensä.

Kutvola pudisti tarmokkaasti päätään.

— En, en kerralla mitään. En tiedä tehtaasta mitään enkä konttorista myöskään.

Poliisikapteeni nauroi jurosti.

— Tämä valhe ei vie pitkälle! hän vakuutti. — Tiedän aivan varmasti, että olette pistäytynyt konttorissa, vieläpä avannut kassakaapinkin. Sormenjälkiä en ole löytänyt, sillä teillä on tietysti ollut käsineet, vanha tekijä kun olette. Mutta jotakin olen löytänyt. Työkalujenne joukossa on pullo koneöljyä. Samaa öljyä on myöskin kassakaapin sisällä muutamissa papereissa. Samaa öljyä on käsineissänne. Samaa öljyä on ikkunalaudalla. Jäljet on kemiallisesti ja mikroskoopillisesti tutkittu. No?

Kutvolan ilme vaihtui hätääntyneeksi. Hänen suupielensä venähtivät alistuvasti alaspäin.

— No niin, ei maksa kieltää. Kyllä minä siellä kävin... mutta en penniäkään ottanut... ei siellä mitään ollut... vain kuparia ja nikkeliä... enkä ottanut niitä, jotta ei asiaa huomattaisikaan... Niin että murrosta saa syyttää, mutta ei varkaudesta.

— Niin että Kutvola pääsisi pikemmin vapaaksi ja saisi sitten ottaa haltuunsa kätkemänsä rahat. Eikö tunnukin siltä?

Kutvola kiemurteli.

— Voihan se siltä tuntua, mutta ei se niin ole. Siellä ei ollut mitään rahoja, ei kerralla mitään... siitä minä en luovu... enkä tunnusta sellaista tehneeni jota en ole tehnyt...

Kutvola väitteli tarmokkaasti niinkuin hän oli väitellyt ennenkin milloin tilinteon hetki oli koittanut. Hänet saatettiin pois. Hänen puolittainen tunnustuksensa oli tärkeä ja loppujen lopuksi poliisikapteeni oli taipuvainen pitämään häntä syyllisenä. Kutvola oli otaksunut, ettei rikosta heti huomattaisi ja siksi hän oli jäänyt paikkakunnalle. Ja ehkä hän oli pelännyt herättävänsä vielä enemmän huomiota, jos hän olisi yöllä poistunut. Autonohjaaja olisi heti ollut todistamassa häntä vastaan.

Eino Oitti! Hänen ilmoituksensa voitiin tarkistaa. Epäilemättä ne olivat oikeat, muuten hän ei olisi uskaltanut niitä esittääkään, mutta loppujen lopuksi, nehän eivät olleet ratkaisevia. Hän oli voinut siitä huolimatta anastaa tuon summan. Hm, mies, joka lainasi morsiamel-taan, ennenkuin tämä oli oikeastaan morsiankaan, hm, sellainen mies saattoi ehkä tehdä yhtä ja toista.

Toista tuntia poliisikapteeni istui huoneessaan ja mietti. Sitten hän soitti auton ja lähti liikkeelle.

Oli jo ilta, mutta ei hämärtänytkään ja ilma tuoksui apilaalle ja koivunlehdille.

Poliisikonstaapeli ajoi kassanhoitaja Matias Vierron luo. Hän ei ilmoittanut tulostaan, vaan pysäytti auton portille ja käveli taloon.

Rouva Vierto vastaanotti hänet portailla. Nähtävästi täälläkin tiedettiin tapauksesta — sehän olikin luonnollista, sillä rouva ei näyt-tänyt hämmästyvän. Hän ilmoitti herra Vierron olevan sairaana, mutta suostui johdattamaan vieraan hänen luokseen.

Huone, johon poliisikonstaapeli astui, oli täynnä tupakansavua. Hienojen sikaarien savua. Sivupöydällä näkyi liköörikarahvi ja laseja. Matias Vierto itse istui sängyssä yllään aamutakki.

Miehet tervehtivät lyhyesti ja poliisikapteeni, silmäillen ympäril-leen, puheli hetkisen ylimalkaista. Vierto katseli häntä omituinen il-me pienissä silmissään.

Äkkiä poliisikapteeni purskahti nauramaan.

— Kuulkaapa, herra Vierto! Tänne tullessani epäilin muuatta seik-kaa. Nyt olen siitä varma. Minne olette pannut sen puolimiljoonaa, jota minä ja johtaja ja monet muut olemme etsineet koko päivän?

Vierto säpsähti rajusti ja hypähti vuoteesta. Hänellä oli kengät ja-lassaan ja hän oli muuten täysissä pukeissa, paitsi että takin asemasta hänellä oli yllään aamutakki.

— Mitä...mitä...?

— Älkää kieltäkö! Pila riittää jo. Tietäkää, että Merisaaren kaup-pa on rauennut ja vähällä piti, ettei johtaja Eino Oitti joutunut pidä-tetyksi epäiltynä rikoksesta, ja toinen miekkonen istuu jo ja istuu kyllä muustakin. Hm, tosiaankin, en tullut heti ajatelleeksi, vaikka vanha johtaja antoikin teistä niin perusteellisen luonnekuvauksen.

Matias Vierto liikehti epävarmasti.

— Piiloittanut? Pannut? Mutta eikö kassakaapissa sitten ollut paperilappua, jossa ilmoitettiin, että rahat olivat minun työpöytäni laatikossa ja että avain oli tietyssä paikassa?

Poliisikonstaapeli katsoi tutkivasti toista.

— Ei, ei siellä ollut.

Äkkiä Matias Vierto löi päätään ja syöksyi takkinsa luo. Hän kopeloi taskuja ja veti esille paperipalan, jonka ojensi poliisimiehelle. Minä... minä tosiaankin unohdin panna sen sinne, hän sopersi... enkä osannut arvatakaan, että varkaus muka olisi tarkoittanut tätä... luulin ihan muuta, kun kuulin siitä nyt vasta äsken... olen ollut nimittäin sairaana.

Poliisimies luki lipun ja nyökkäsi päätään.

— Selvä, selvä! Muuten... kun kerran olette sairas, neuvoisin teitä polttamaan vähemmän sikaareja... Oh, tämä asiahan järjestyi sievästi... kaiken syynä vain pieni muistivirhe.

— Ja ensimäinen kolmeenkymmeneenkuuteen vuoteen, vakuutti Matias Vierto.

* * *

Poliisikapteeni myhäili paluumatkalla.

— Vierto saakoon pitää luulonsa, hän tuumiskeli. — Ukko luuli huiputtaneensa minut. Unohti! Eikä unohtanut. Ei vain millään tahtonut johtajan antaa ostaa ihan turhaa Merisaarta. Ja oikeassa oli, ihan oikeassa. Kyllä Vierto onkin johtajien johtaja. Mutta ei minun ole mitenkään pakko sitä selvittää nimellisille johtajille. Ovela ukko! Ei voi syyttää eikä moittia! Ja Oitti & Poika Oy ei tee konkurssia niin kauan kuin sillä on kassanhoitajanaan ja johtajien johtajana Matias Vierto.

Matti Saran viimeinen huolimattomuus

Tilanomistaja ja nuoriherra Matti Saralla oli perinpohjin ikävä tehtailija Anshelm Luotosen kutsuissa, niin hauskat kuin ne muuten olivatkin. Syynä oli se, että hän viimeksi päivällä oli riidellyt Elinan kanssa ja luultavasti viimeisen kerran. Heidän välillään oli kaikki lopussa. Pistäviä sanoja, kärkeviä lauseita ja kiihtyneitä lausejaksoja. Niin se oli käynyt, ja syy oli kylläkin hänen. Hänen auttamaton huolimattomuutensa ja hajamielisyytensä oli aiheuttanut sen, että hän kokonaista kolme päivää oli kantanut taskussaan Elinan kirjettä, jossa tämä tilasi itselleen jotakin pääkaupungista ja joka hänen olisi tullut postittaa. Hänen selityksensä, että hän oli muuttanut pukua, oli ivallisesti hyljätty, ja tuntuvana rangaistuksena oli hänen nimensä edustettuna Elinan tanssiohjelmassa vain yhden vaivaisen kerran.

Niinpä hän ajatuksissaan pistikin niin suuren annoksen jäätelöä suuhunsa, että hänen kieltään poltti. Se havahdutti hänet sen verran, että hän kykeni vastaamaan jotakin vierusnaiselleen, mutta se ei mahtanut olla kovin henkevää.

Hm, niin, ja sitten tuo tohtori Uoma, tutkimusmatkailija, joka istui Elinan vieressä ja oli ehdottomasti ollut päivällisten n:o 1. Herra Sara tunsi häntä kohtaan luontaista vastenmielisyyttä, ainakin sen jälkeen kun tohtori oli päässyt Elinan vierusherraksi. Ikävystynyttä Saraa harmitti hänen ulkomuotonsa, hänen puheensa ja hänen menestyksensä. Ja muuten, millainen esittäytyminen! Hänen olisi pitä-

nyt saapua professorin kanssa, mutta professori oli jo eilen ilmoitta-
nut olevansa estetty. Mutta tohtori saapui silti professoria tiedusta-
maan, esittäytyi itse, vastaanotettiin, pyydettiin jäämään ja jäi.
Kukaan ei häntä aikaisemmin tuntenut. Ja kuitenkin hän näytti pu-
helevan nyt Elinan kanssa kuin he olisivat vanhat tutut.

Nuoriherra Sara tunsi vihaavansa maailmaa, naisia ja itseään. Hän
tanssi Elinan kanssa. Jäätävä kylmyys henki vastaan. Hän ehdotti
pientä kiertomatkaa puutarhassa. Esitys evättiin.

Tämän jälkeenhän harhaili ympäri huoneita, vastaili päin män-
tyyn kysymyksiin ja huomautuksiin, eksyi eteiseen ja hajamielisyy-
dessään otti päällystakin käsivarrelleen, painoi hatun päähänsä ja
poistui kenenkään huomaamatta. Hetken kuluttua kuultiin auton su-
rinaa portin tienoilta, mutta kukaan ei kiinnittänyt siihen huomiota.

Matti Sara oli lähtenyt ajamaan kotiin jo ennenkuin tanssiaiset
olivat kunnolleen päässeet alkuunkaan.

Hän ajoi autonsa vajan eteen ja kopeloi päällystakin taskusta
avainta. Sitä ei tietysti siellä ollut, eikä hän ihmetellytkään, sillä avai-
met ja muut sellaiset pikkuesineet eivät yleensä kauan pysyneet hä-
nen hoteissaan. Mutta vaikka hän ei löytänyt avainta, löysihän
jotakin muuta, jakun hänen autonajajansa oli avannut vajan oven ja
hän tarkasteli saalistaan, pääsi häneltä hiljainen vihellys. Sillä vaikka
hänellä ei ollutkaan mitään kokemusta, arvasi hän säämiskänahkaisen
kotelon sisältävän hyvän, ehkäpä ensiluokkaisen kokoelman murto-
varkaan työkaluja. Ja toisessa taskussa oli pieni, mutta pätevä pistooli
täydessä ampumakunnossa.

Nämä löydöt johtivat Matti Saran mieleen sen mahdollisuuden,
ettei päällystakki ollutkaan hänen omansa. Mahdollisuus muuttui
varmuudeksi, kun hän tarkasti takkia. Hän oli jälleen huomaamatto-
muudessaan ottanut väärän takin.

Mutta joka tapauksessa siis tehtailija Luotosen tämäniltaisten
vieraitten joukossa oli joku, joka kutsuissakin piti mukanaan pistoo-
lia ja murtovarkaan työkaluja.

Mitään puhumatta Matti Sara kiipesi autoonsa, pani sen käyntiin ja lähti ajamaan takaisin.

* * *

Hänen onnistui palata yhtä huomaamattomasti kuin hän oli lähtenytkin. Mutta nyt ei hänen ollut yhtä ikävä kuin aikaisemmin. Hän etsi käsiinsä tehtailija Luotosen jonkunlaisen sihteerin, taloudenhoitajan ja hovimestarin yhdistelmän, joka tapauksessa järkevän ja maltillisen miehen, jota hän pyysi pienelle kävelylle puutarhaan, selostaen merkillisen havaintonsa.

— Hm, etteköhän ole...mahdollisesti erehtynyt? kuului epäilevä huomautus.

— Tietysti, otin väärän takin, mutta muu pitää paikkansa. Voittehan itsekin varmistua asiasta.

— Hm, se ei ole tarpeellista. Uskon kyllä.

— No niin, jos siis uskotte, niin tästä on nyt otettava selvä. Onko... onko tehtailijalla paljon rahaa täällä?

Sihteeri säpsähti.

— On, koko huomattavasti. Niin, tosiaankin. Ja sitten neidin korut. Ja muutakin, muutakin.

— Kuulkaa siis!

Matti Saran äänessä oli vastoin hänen tapaansa käskevä sävy. Nähtävästi oli sen ansiota, että hänen mielikuvituksellinen suunnitelmansa hyväksyttiin ja kolmen viran yhdistelmä lupasi kaikinpuolista avustusta.

Molemmat miehet palasivat sisään, ja sopivana hetkenä nousi nuoriherra Sara asuinkerrokseen, eikä luultavasti kukaan pannut merkille, ettei hän sieltä palannut tanssiaisten loppuessakaan. Mutta hänkään ei tiennyt mitään siitä, että kaunis Elina oli illan ja aamuyönaikana varsin usein katsellut etsivästi ympärilleen, mikä vaikutti häiritsevästi hänen tohtori Uomalle lausumiensa vastausten henkevyyteen.

* * *

— Täällä on hiton epämukavaa! kuului pilkkopimeässä huoneessa hiljainen ja masentunut kuiskaus.

— Hst!

Jälleen oli ihan hiljaista. Jossakin löi kello. Se löi yhden kerran. Oli siis puoliviisi aamulla.

Perin hiljaista liikettä kuului sitten ovelta. Se jatkui, ainakin niin luuli, jos sitä kuulosteli, mutta se saattoi olla erehdyskin. Mutta ei, ovella oli ollut liikettä, sillä äkkiä juoksi kapea, mutta häikäisevä valojuova pitkin lattiaa. Ja valojuovan alkupään takana liikkui jotakin.

Siellä oli mies, ja kun valojuova lähestyi jonkun verran, saattoi erottaa, että hän oli yöpuvussa. Valojuova luikersi ympäri huoneen, tarkastus kesti sekunnin, mutta se oli riittänyt.

Hetkeäkään ei hukattu. Ovi painettiin takana kiinni ja sitten kuului kirskahtava ääni: se oli suljettukin. Nyt mies kyyrysillään, sukat jalassa, hiipi huoneen poikki ja pysähtyi kassakaapin eteen. Salalyhty laskettiin lattialle. Sen viereen levitettiin säämiskänahkaisen kotelon sisältö, ikäänkuin joukko hienonhienoja teräksisisiä kirurgin työkaluja.

Pienintäkään ääntä ei ollut kuulunut. Olisi voinut luulla, että kassakaappia vastaan kuvastuva mies oli vain varjokuva.

Silmä arvioi kaapin, sen lukkolaitteet ja niiden tyypin. Sitten mies polvistui ja erehtymättömästi valitsi mieleisensä työkalun kymmenien joukosta. Hän kohottautui, kääntyi ja seuraavassa hetkessä kuului pienen pieni metallin helähdys.

Mies huokasi kuuluvasti tyytyväisyydestä. Ilmeisesti hän oli oikealla tolalla.

Mutta hän ei nähnyt eikä voinutkaan nähdä, kuinka kahden valtavan nojatuolin takaa verkalleen ja niinikään täysin äänettömästi nousi kaksi haamua. Ne olivat hänen selkänsä takana, hänen ja oven välissä. Kummankin haamun oikeassa kädessä kimalsi jotakin.

Ja äkkiä kuului kuin ukkosenjyrähdyksenä, niin vieno ja hiljainen kuin ääni olikin, hiukan uninen ja pitkäveteinen kysymys:

— No. herra tohtori, oletteko uudella tutkimusmatkalla?

Kassakaapin luona ahertava mies ei tiennyt mitään erehdystä. Silmänräpäyksessä hänen salalyhtynsä oli sammutettu, mutta ei ollut hänen syynsä, että huone kuitenkin tulvahti valoa täyteen samalla kuin kahden revolverin takaa kajahti käskevästi:

— Seis, kädet ylös!

Yllätetyn pistooli ehkä olisi keskeyttänyt tämän lyhyenkin käskyn, mutta pistooli ei lauennut.

— Siitä on iskuri poissa, kuului hyväntahtoinen selitys toisen revolverin takaa. — Minä otin sen pois.

Mies heitti pistoolin kädestään ja heittäytyi istumaan tuolille, ottaen savukkeen läheiseltä tupakkapöydältä.

— No? sanoi hän.

— Niin, mukavinta kai on, että menemme herra sihteerin huoneeseen. Voimme siellä tarkemmin keskustella kaikessa rauhassa. Turhaahan on taloa herättää näin varhain, esitettiin rauhallisesti. — Eikö niin?

— Miksei, ja mies kohautti olkapäitään. Hetken kuluttua huone oli jälleen tyhjä ja pimeä. Pöydällä vain oli pistooli ja lattialla lyhty ja työkalukokoelma.

* * *

— Mutta miten ihmeessä sinä tulit sen kaiken keksineeksi? kysyi neiti Elina Luotonen seuralaiseltaan heidän ollessaan seuraavana päivänä kävelemässä. — Mistä sinulle johtui mieleen, ettei hän ollutkaan mikään tohtori Uoma?

— Kaikkeen oli syynä huolimattomuuteni, vastasi Matti Sara. —

Mutta se saakin olla viimeinen kerta, jolloin olin hajamielinen.

— Kuka sinut tietää, sanoi Elina, mutta hänen äänessään ei ollut epäilystä.

Ja Matti Sara oli tyytyväinen maailmaan, naisiin ja itseensä.

Käänne

Anja Kanerva tiesi, että liike oli parhaillaan murroskohdassa. Niin hän oli kuullut johtajan sanovan prokuristille. Käänne parempaan päin saattoi tapahtua milloin hyvänsä, mutta tarkkaa aikaa ei kukaan tiennyt, — niin, ja siihen mennessä täytyisi kaiken jatkua kuten nytkin, vieläkin kireämpänä... ja, niinkuin johtaja vakuutti, vaikka sellainen hänestä oli todella ikävää, nähtävästi pitäisi vieläkin henkilökuntaa supistaa... ainakin yksi... ehkä kaksikin.

Ja prokuristi oli huokaissut ja myöntänyt niin olevan.

Supistaa! Kuinka Anja vihasikin pelkkää tuota sanaa. Se oli soinut korvissa jo monta vuotta. Kaikkea piti supistaa, välineitä ja vapaa-aikoja ja pikkumenoja ja valoa ja mukavuutta ja aina ja ennenkaikkea: henkilökuntaa.

Ja vieläkin supistaa! Olisiko se hän, joka supistettaisiin? Vai olisiko joku toinen? Ja milloin?

Puhelin kilahti tilausosastolla. Johtaja oli kaupungilla, prokuristi aamiaisella, samoin kaksi muuta konttoristia ja Anja hoiti tilausosastonkin soitot.

—Rauta ja Väri! Tilausosasto, Anja vastasi reippaasti ja nopeasti. — Jaha, kaupungin rakennuskonttori... tilaus... kyllä voidaan toimittaa tänään... alottaa aivan heti... kyllä, olkaa hyvä...

Anjan kynä alkoi liikkua nopeasti ja vaikka hän ei muistanut läheskään kaikkien tavaroitten täsmällisiä hintoja, hän pian käsitti, että hänelle rakennuskonttorista saneltiin varmasti vuoden suurinta ja edullisinta tilausta. Sementtiä, värejä, valmiita lakkoja, sähkötarvikkeita, eristysaineita, kumia...

Hän kirjoitti innostuneesti. Oliko tämä nyt sitä käännettä? Tämä tilaus antaisi lähetysosastolle työtä. Autot eivät ehtisi tänään seisoa.

Hän tarkisti tilauksen. Rakennuskonttorista ilmoitettiin, että hinta olisi tietysti tavallinen... ja tavallinen alennus. Tavara olisi lähetettävä Viertotien varrella olevalle uudelle koulurakennukselle, mutta ei sille tontille, vaan viereiselle... vanhan katoksen kohdalle tuo tontti oli rakentamaton ja käytettiin sitä varastopaikkana. Siellä olisi vastaanottaja... rakennusmestari Pihla, joka kuittaisi lähetyksen... Puhuttiin rakennuskonttorista... ja puhujana oli rakennusmestari Kankainen... puhelin 33 78... voitaisiin siis varmistua...

Anja varmistautui, että soitettiin todellakin rakennuskonttorista, minkä jälkeen hän sanoi kiitokset, sulki puhelimen ja kiiruhti lähetysosastolle jättäen osaston johtajalle tilauksen kaksoiskappaleen.

Hän oli vallattomalla tuulella ja huudahti:

—No kauppahan käy! Tällaisia kun olisi kerrankin päivässä.

Osastonjohtaja silmäsi paperia ja naurahti:

—Kunpahan joka toinenkin päivä.

Anja kävi viemässä toisen kaksoiskappaleen prokuristille ja syventyi sitten omaan työhönsä.

Valoisa, toivorikas mieliala ei kestänyt kauan. Mitä oli yksi tilaus, vaikka tavallista suurempikin, tällaisessa liikkeessä! Se ei merkinnyt mitään. Ja kun vakavamielinen prokuristi saapui jonkun vieraan kanssa sulkeutuen neuvottelemaan, Anjaa ihan hätkähdytti pelko, että he neuvottelivat taaskin supistamisesta, henkilökunnan supistamisesta.

Tietystihän se oli hullua, ajatella tuollaista, mutta Anja ei voinut sille mitään.

Uusia taloja rakennettiin, uusia ihmistä syntyi... elämä meni menojaan... eteenpäin... ja tässä oli hänkin, peläten joka hetki jäävänsä osattomaksi... elämäkin joutuisi vaaraan... sekin supistettaisiin...

Mutta aamiaistunnilla mieliala taas vaihtui. Kohiseva kaupunki, sen melu, tuo tuhansien äänien summa, ja yksityiset erottuvat äänet... ihmisliike ... kaikkien kiire... jonkinlainen elämänrytmi se tarttui taas Anjaankin ja antoi hänelle uskoa ja uskallusta. Ehkä kaikki selviäisi... mutta olisi niin ihanaa saada varmuus... päästä turvalliseen tietoon... oh, jospa hän keksisi jotakin suurta ja ratkaisevaa, mikä tekisi hänet välttämättömäksi... joka erottaisi hänet muista... jotakin merkittävää ja tärkeää... olihan maailma täynnä mahdollisuuksia ... mutta hän, istuen konttorituolilla ... ei niitä huomannut, ei tajunnut, ne eivät yltäneet hänelle asti...

Iltapäivän johtaja pysytteli poissa. Hän oli kauppoja tekemässä. Hän oli itse oma kauppamatkustajansa ja prokuristi oli vajonnut numeroihin ja puhelinsoittoihin.

* * *

Anja asui lähellä suurta Viertotietä. Hän oli jo viikkojen aikana sivuuttanut uuden rakenteilla olevan koulurakennuksen ... nyt illalla... työstä päästyään, hän jälleen pysähtyi sitä katsomaan. Ensimäistä kerrosta jo muurattiin. Kukahan tuollakin tulisi oppimaan? Ja mitä varten? Joutuakseen hyödyttömäksi ja liiaksi ihmiseksi, joka supistettaisiin pois... työstä... toimesta... ja elämästä!

Rakennustyömaa oli hiljainen. Työmiehet olivat poistuneet. Mutta viereisellä, rakentamattomalla tontilla, ränsistyneen katoksen edustalla lastattiin kahta autoa...

Mitä varten noita tavaroita, jotka juuri oli tuotu, nyt kuljetettiin pois... vieläpä työajan jälkeen?

Jotakin epämääräistä, aavistuttavaa liikkui Anjan mielessä. Hän seisoi hievahtamatta ja katseli ja koetti ajatella.

Koulurakennuksen ensimmäistä kerrosta muurattiin... Hän tiesi, että rakennuksesta tulisi kuusikerroksinen. Muuraus kestäisi vielä pitkään.

Ja talon varten oli tilattu lukkoja ja sähkölamppuja ja sähkökruunuja ja... ja... paljon sellaista, jota ei tarvittaisi vielä kuukausimääriin.

Äkillinen, välähdyksen tapainen epäluulo syöksähti hänen mieleensä. Hänellä oli kukkarossaan hiukan rahaa. Hän viittasi ohiajavalle vuokra-autolle, pysäytti sen, hyppäsi sisään ja huusi osoitteen.

Hän puhuisi... hän puhuisi johtaja Petäyksen kanssa...

* * *

Johtaja ei ollut kotonaan. Hän oli muutamassa ravintolassa, niinkuin hätääntyneelle, kalpealle tytölle ilmoitettiin, samalla ihmetellen, mitä asiaa tällä voi olla konttoriajan jälkeen.

Anja kiiruhti autoon, jonka oli jättänyt odottamaan.

Ravintolan eteisessä oli tungosta, mutta siitä ei Anja välittänyt. Hän haki käsilleen hovimestarin, joka tosin ihmetteli hänen hätääntynyttä käytöstään, mutta silti lupasi käydä ilmoittamassa. Parin minuutin kuluttua johtajan tuttu hahmo ilmestyi käytävään.

Johtajan kulmat olivat rypyssä. Hänellä oli kiire ja hän oli kärsimätön. Hänen konttoristinsa säikkynyt ilme kuitenkin häntä hillitsi.

— No? Mitä on tapahtunut?

— Pelkään, että on tapahtunut suuri vahinko... että liikettä on petkutettu... useitten kymmenientuhansien markkojen arvosta, Anja alkoi kaikkea muuta kuin lohdullisen selityksensä.

Johtaja osasi mainiosti kuunnella. Hän ei keskeyttänyt. Anja sai kertoa rauhassa huomionsa ja epäilyksensä.

Muutaman minuutin kuluttua he molemmat kiitivät autossa Viertotielle antaen auton pysähtyä tuon rakentamattoman tontin edustalle. Katoksen luona oli taaskin kaksi autoa ja tavaroita lastattiin, kun johtaja ilmestyi paikalle.

— Minne te viette näitä tavaroita? hän tiedusti tiukasti.

— Tuonne johtaja Valppaan huvilalle... kaksikymmentä kilometriä kaupungista... tämähän tietää... tämä rakennusmestari Pihla... miehet Ilmoittivat osoittaen miestä, joka kiireesti poistui kadulle päin.

Mutta hän ei ennättänyt pitkälle. Huudahtaen: »Petkuttaja kiinni!» johtaja lähti miehen jälkeen ja kaksi automiestä seurasi. »Rakennusmestari» Pihla ei tehnyt vastarintaa. Neljännestunnin kuluttua kaikki olivat lähimmällä poliisiasemalla, johtaja ja Anja, automiehet ja »rakennusmestari» ja lyhyen kuulustelun jälkeen sai johtaja tietoonsa, minne loput tavaroista olivat joutuneet.

* * *

— Minä saan tosiaankin kiittää neiti Kanervaa, että säästyin tuntuvalta tappiolta... tuota huomiota ja noita johtopäätöksiä ei olisi jokainen tehnyt, johtaja puheli seuraavana päivänä konttorissa kaikkien kuullen. — Tämä seikka otetaan myös huomioon neiti Kanervan palkkauksessa. Niin, ja koko juttu supistuu siihen, että tuo lurjus... jonkinlaisen tuttavuuden varjolla... oli saanut jäädä todellakin rakennuskonttoriin... erääseen huoneeseen... yksinään vähäksi ajaksi.

— Ja hän siis tilasi tavarat? kysyi prokuristi.

— Ja reippaasti sittenkin. Kukapa olisi osannut epäillä? Ei neiti Kanerva, ette te enkä minä, vaikka ilmoititte siitä minulle... Ja vasta neiti Kanerva älysi, että mies oli tehnyt karkean virheen: hän oli, saadakseen kalleimpia tavaroita, tilannut sekaisin sellaisia, joita tarvitaan rakennuksen ensivaiheissa, mutta myös sellaisia, jotka tulevat kysymykseen ihan viimeksi. Eihän sähkökruunuja tarvita rakennuksella, jota vasta muurataan.

Johtaja nauroi iloisesti ja poikamaisesti.

— Hyvä juttu loppujenkin lopuksi! Emme jää mitään kärsimään. Ja sitten tämä oli meille mainiota mainosta. Tänään rakennuskonttori todella tilasi... kai niinkuin hyvittääkseen varomattomuuttaan, eikä sen tilaus ole suinkaan pienempi kuin eilinenkään... ja kaikki neiti Kanervan ansiota! Tosiaankin, tuntuu kuin käänne parempaan olisi tapahtunut... niin, tuskin tarvitsee enää ajatella ikävää sanaa: supistaminen... pikemminkin... pikemminkin kohta paljon hauskempaa sanaa: laajentaminen.

Anja sädehti. Hänellä oli varmuus, että häntä tarvittiin, sekä häntä että hänen tovereitaan. Ja vain siksi, että hän sekä näki että huomasi ja kykeni huomiostaan tekemään johtopäätöksiä... mahdollisuus oli ollut... ja hän oli käyttänyt sen.

Alkuperäiset julkaisupaikat

Sahajauhoja – *Jännike* 2/1936.
Kuuden minuutin seikkailu – *Uusi Maailma* 7/1930.
Unohdettu pikkuseikka – *Karjalainen* 30.4.1931.
Torni – *Satakunnan Kansa* 25.3.1933.
Pietari Hannuksen nerokkain hetki – *Jännike* 3/1936.
Viehättävä potilas – *Satakunnan Kansa* 24.12.1933.
Syvyys – *Jännike* 29/1937.
Kuka oli syyllinen? – *Jännike* 47/1937.
Yövuoro – *Jännike* 36/1937.
Johtajien johtaja – *Jännike* 34/1937.
Matti Saran viimeinen huolimattomuus – *Uusi Maailma* 9/1930.
Käänne – *Jännike* 4/1938.

Luettelossa lehdet, joista Karilan tekstit otettu tähän kokoelmaan.
Tekstejä on saattanut ilmestyä aiemmin myös toisissa lehdissä.

Jälkisanat:

Olli Karila – jännityksen työmies

Kun selailee 1920-1930-lukujen lukemistolehtiä ja joululehtiä – jota voi tehdä lähinnä Kansalliskirjaston nettisivuilta löytyvistä digitoiduista aineistoista tai yliopistokirjastoissa, esimerkiksi Jyväskylässä – nimi Olli Karila tulee usein vastaan. Hänet havaitsee ahkeraksi ja sujuvasanaiseksi. Usein tekstien alaotsikkona jännityskertomus, mutta mukaan mahtuu myös esimerkiksi rakkaustarinoita sekä Suomen historiaan sijoittuvia kertomuksia

Mikä on mies nimimerkin takana? Miksi hän ei ole nykyisin tunnetumpi? Toimittaja Niilo Pärnänen (1897–1936) saavutti Olli Karilan kirjailijanimellä 1920- ja 1930-luvuilla suuren lukijakunnan. Kirjoitettuaan 1917 ylioppilaaksi Pärnänen toimi ensin *Karjalan Aamulehden* toimittajana, sitten *Suur-Karjalan* päätoimittajana ja lopulta *Karjalan* toimittajana, kunnes siirtyi vuonna 1926 vapaaksi kirjailijaksi.

Olli Karilan nimellä julkaistu tuotanto alkoi vuonna 1919 teoksella *Maanalaiset*, joka ilmestyi ensin *Karjalan Aamulehdessä* jatkokertomuksena ja loppuvuodesta Kariston julkaisemana kirjana. Teoksen alaotsikkona oli "Seikkailuromaani kapinahankkeiden vakoilusta." Teoksessa journalistisankarit selvittelevät bolsevikkien salajuonia. Aihepiiri oli varmasti läheinen Pärnäselle, joka osallistui Aunuksen sotaretkeen vuonna 1919. Pärnäsen 1920-luvulla nimimerkillä "Posse" kirjoittamissa sanomalehtipakinoissaankin vastustetaan aktiivisesti kommunismia. Jännityskirjailijan uralle oli onnellista, ettei Karilan tuotannossa politiikka saanut kuitenkaan jatkossa näkyvää osaa vaan kirjailija kulki tarina edellä. Satunnaiset kertomuksissa uhkaavat neuvostovakoilijat ovat toki vain mielenkiintoista ajankuvaa.

1920-luvulla Karila julkaisi useita seikkailuromaaneja (*Viehättävä vastustajatar, Kahden reportterin seikkailut, Salatun kaupungin kaunotar, Kultakuningas* ja *Pelastus*), jääpalloaiheisen nuorten romaanin *Harmaitten tarina* sekä aloitti huvinäytelmien kirjoittajana. Näytelmät osoittautuivat pitkäikäisiksi, ne säilyivät pienten teatterien ja seuranäyttämöiden ohjelmistossa 1950-luvulle asti.

Alusta lähtien Karilan tuotannossa merkittävässä osassa olivat sanoma- ja aikakauslehdissä julkaistavat kertomukset, joita hän senttasi vakuuttavalla tahdilla. Valtaosan niistä voi sanoa kuuluvan jännitysgenreen, vaikka joukkoon mahtuu niin rakkaustarinoita kuin humoristisia kertomuksia. Karilan jännityskertomuksissa voi nähdä myös kauhutarinoiden piirteitä. Matti Järvinen onkin sisällyttänyt Karilan kirjoituksia toimittamiinsa vanhojen suomalaisten kauhutarinoiden kokoelmiin.

Sanomalehdistä eniten Karilaa julkaisivat *Satakunnan Kansa* ja *Karjala*. Aikakauslehdissä tärkeimmät julkaisut olivat Karilan pääasiallisen kustantajan Kariston julkaisuja, erityisesti vuoteen 1929 asti ilmestynyt *Maailma*-lehti. Kariston joululehdissäkin Karilan kirjoitukset olivat kustantajalle mainosvaltti. Karilan ahkeruus oli vakuuttavaa. Kertomusten kokonaismäärää voi vain arvailla, mutta tätä kokoelmaa toimittaessa niitä on löytynyt kolmatta sataa. Näiden lisäksi vielä ovat hänen omalla nimellään tai nimimerkillä Posse-kirjoittamansa tekstit. Pärnänen selkeästi elätti kirjoituskoneen ääressä ahkeroimalla perheensä. Häntä voi hyvin sanoa jännityksen työmieheksi. Hänen tuotteliaisuuttaan kuvaa, että häneltä saattoi olla joissain julkaisuissa – vaikkapa *Pohjois-Karjalan joulussa* 1928 – tarinat sekä Karilan että Possen nimellä ja vielä runo Pärnäsen nimellä.

1930-luvulla Karila julkaisi ahkerasti myös erilaisissa suojeluskun-tajulkaisuissa. Niiden tarinoissa saattaa nähdä hänen muuta tuotan-toaan enemmän sekä sotaan että politiikkaan liittyviä aiheita. Osa oli selkeästi nuorille pojille suunnattuja tarinoita, joissa luonnollisesti sankareina olivat suojeluskuntalaispojat.

Vuonna 1936 Karilalta ilmestyy peräti kaksi romaania, jännitysro-maani *Mustaa ja valkoista* oululaisen H. W. Marjamaan kirjapainon kustantamana sekä eräromaani *Ylämaan kultaa* Gummerukselta.

Niilo Pärnänen kuoli Viipurissa Tapaninpäivänä vuonna 1936. Enossa asunut kirjailija oli saapunut kaupunkiin hoidettavaksi sai-rauden vuoksi ja kuoli "sydämenheikkouteen". Suremaan jäivät puoli-so ja nuori tytär.

Kuolema katkaisi vahvassa vauhdissa olleen kirjailijanuran. Kari-lan tuotantoa ilmestyi kuitenkin edelleen. Karilan aiemmin eri leh-dissä julkaisemia tekstejä julkaistiin uudelleen Marjamaan kirjapainon *Jännike*-lehdessä 1936-1938, jonka voi olettaa auttaneen lesken ja tyttären taloudellista selviämistä. Vuonna 1944 Karisto jul-kaisi vielä jännitysromaanin *Polkkatukkainen madonna*. Karilan huvi-näytelmistä uusintapainoksia otettiin vielä 1950-luvullakin.

Karilan 1920-luvulla *Maailma*-lehdessä julkaisemista kertomuksis-ta julkaisi Seaflower-kustannus vuonna 1999 kaksi valikoimaa: *Kellas-tuneet paperit ja muita jännityskertomuksia* sekä *Viimeinen kerta ja muita jännityskertomuksia*. Vuonna 2022 taas Saga Egmont julkaisi useita Ka-rilan teoksia e-kirjoina, joista kolme myös äänikirjoina.

Tähän kokoelmaan keräsin kaksitoista Karilan tarinaa 1930-luvul-ta. Niitä ei ole aiemmin julkaistu kirjan kansien välissä. Teksteissä olen säilyttänyt alkuperäisen kieliasun, joka enimmäkseen viehättää vanhanaikaisine muotoineen. Selkeät painovirheet olen korjannut ja typografiaa yhtenäistänyt. Kokoelmaan valikoiduissa tarinoissa ajan-kuvan kielteisempiä piirteitä ei erityisesti näy, vaikka Karilakaan ei ollut vapaa esimerkiksi stereotyyppisistä vähemmistöjen kuvauksista, jotka tuolloin olivat valtavirtaa.

Karilan tarinoissa näkyy mielenkiintoisesti 1930-luvun ajankuva – ei toki välttämättä niinkään suomalainen todellisuus kuin jännityskertomusten oma maailma. Tarinoissa Suomestakin löytyy runsaasti kartanoita hovimestareineen, kimaltavia kalleuksia, joita jalokivivarkaat tavoittelevat ja vaikkapa kleptomaniaan perehtyneitä hermotautilääkäreitä tai sankarin tyttöystävää vokotteleva tutkimusmatkailija. Mausteet tuntuvat monesti suorastaan brittiläisiltä ja Karila epäilemättä oli hyvin perehtynyt silloisen dekkarin kultakauden tuotantoon. Toki tunnelma on monesti mukavan kodikas. Karilan poliisit selvittelevät rikoksia varsin suomalaisen rauhalliseen tahtiin ja toimintatarinassa räjähteiden uskotaan olevan maitokannussa. 1930-luvun tarinoissa vuonna 1932 päättynyt kieltolaki ei enää vahvassa roolissa, toisin kuin varhaisemmissa kertomuksissa, jossa sen ympärille sai monenlaista dramatiikkaa. Niissäkin kuvauksissa taustalla oli sekä kotimaista todellisuutta, että esimerkiksi elokuvien välittämää kuvaa Yhdysvaltain kieltolakirikollisuudesta.

Olli Karilan tuotanto oli hänen elinaikanaan sellaista viihdekirjallisuutta, jonka tekijöitä Mika Waltari kehotti kirjailijaoppaassaan vuonna 1935 iloitsemaan siitä, että on "tehnyt muutamia tuhansia ihmisiä muutamaksi tunniksi onnellisiksi, poistanut tuokioksi rahan ja huolen heidän mielistään ja vapauttanut heidät arkipäivän harmaudesta." Toivon Karilan tarinoidensa toimivan yhä näin, varsinkin kun ne nykyään vievät aivan eri aikakauteen kuin omamme.

Jyväskylässä 29.10.2024

Juha Järvelä

Kirjallisuutta

Järvinen, Matti (toim.): *Kummitushevonen ja muita vanhoja suomalaisia kauhukertomuksia ja kummitusjuttuja.* Nysalor 2021.

Järvinen, Matti (toim.): *Synkkä satu ja muita vanhoja suomalaisia kauhukertomuksia ja kummitusjuttuja.* Nysalor 2018.

Nummelin, Juri: Suomalaisten lukemistolehtien historiaa. – *Julkaisemattomia*-blogi 27.6.2007. (http://jurinummelin.blogspot.com/)

Kirjailija Olli Karila kuollut. – *Karjalainen* 29.12.1936.

Toimittaja Niilo Pärnänen kuollut. – *Helsingin Sanomat* 29.12.1936.

Waltari, Mika: *Aiotko kirjailijaksi?* WSOY 1935.

Sisällys